natsuki amasawa

天沢夏月

DOUBLES!! ダブルス Final Set

JN166774

DOUBLES!! Final Set

SCORES

イラスト／ひのた　デザイン／鈴木 亨

三年間、積み上げたもの。
まだぶつけ切っていない。
たかだか十ゲームでぶつけ切れるほど、
薄い三年間ではなかったはずだ。
だから、まだやれる。

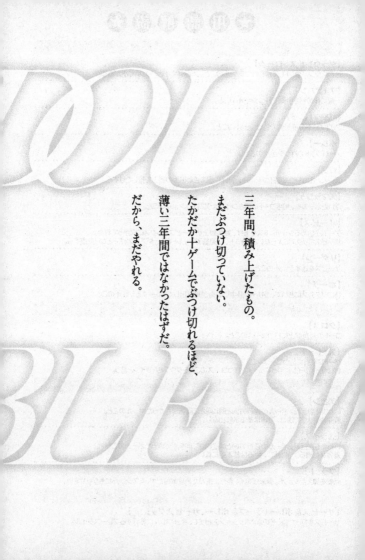

☆用語解説☆

☆ショット

【グラウンドストローク】

地面にワンバウンドしてから打つショットのこと。フォアハンドとバックハンドがある。


【フォアハンド】

一般に体の利き手側で打つショットのこと。


【バックハンド】

フォアハンドの反対側で打つショットのこと。


【ボレー】

ノーバウンドで打つショットのこと。


【ロブ】

ぽーんと山なりに高く打つショット。ネットに出てきた相手の頭上を抜いたりする。


【スマッシュ】

浮いたボールを、相手コートに叩きつけるように打つショットのこと。


【サービス】

ゲームを始めるショット。トスを上げ、対角線上のサービスボックスに向かって打つ。

サービスボックスに入らないとフォルト、二連続でフォルトするとダブルフォルトとなり失点する。


【リターン】

サービスを返すショットのこと。


【ポーチ】

特にダブルスにおいて、ラリーの最中に前衛が飛び出してボレーするショットのこと。

☆コース

【クロス】

コートの対角線上に打つコースのこと。


【ストレート】

コートに平行に打つコースのこと。

特にサイドラインに沿ってまっすぐ打つコースのことをダウン・ザ・ラインと言う。

☆球種

【スピン】

いわゆる順回転。ボールの進行方向と同じ向きに回転がかかったボールのこと。

着弾後に大きく跳ね、弾道は基本的に山なり。


【スライス】

いわゆる逆回転。ボールの進行方向とは逆向きに回転がかかったボールのこと。

着弾後に滑るように伸び、弾道は基本的に低い。


【フラット】

回転を抑えたショット。弾道が低く、直線に飛ぶため攻撃的だが、ミスショットにもなりやすい。

☆その他

【サービス＆ボレー（サーブ＆ボレー、サービスダッシュ）】

サービスを打った後、そのままポジションを上げて、ネットプレーに移行するプレースタイル。

自陣の右側をデュース（フォア）サイド、
左側をアドバンテージ（バック）サイドと呼びます。

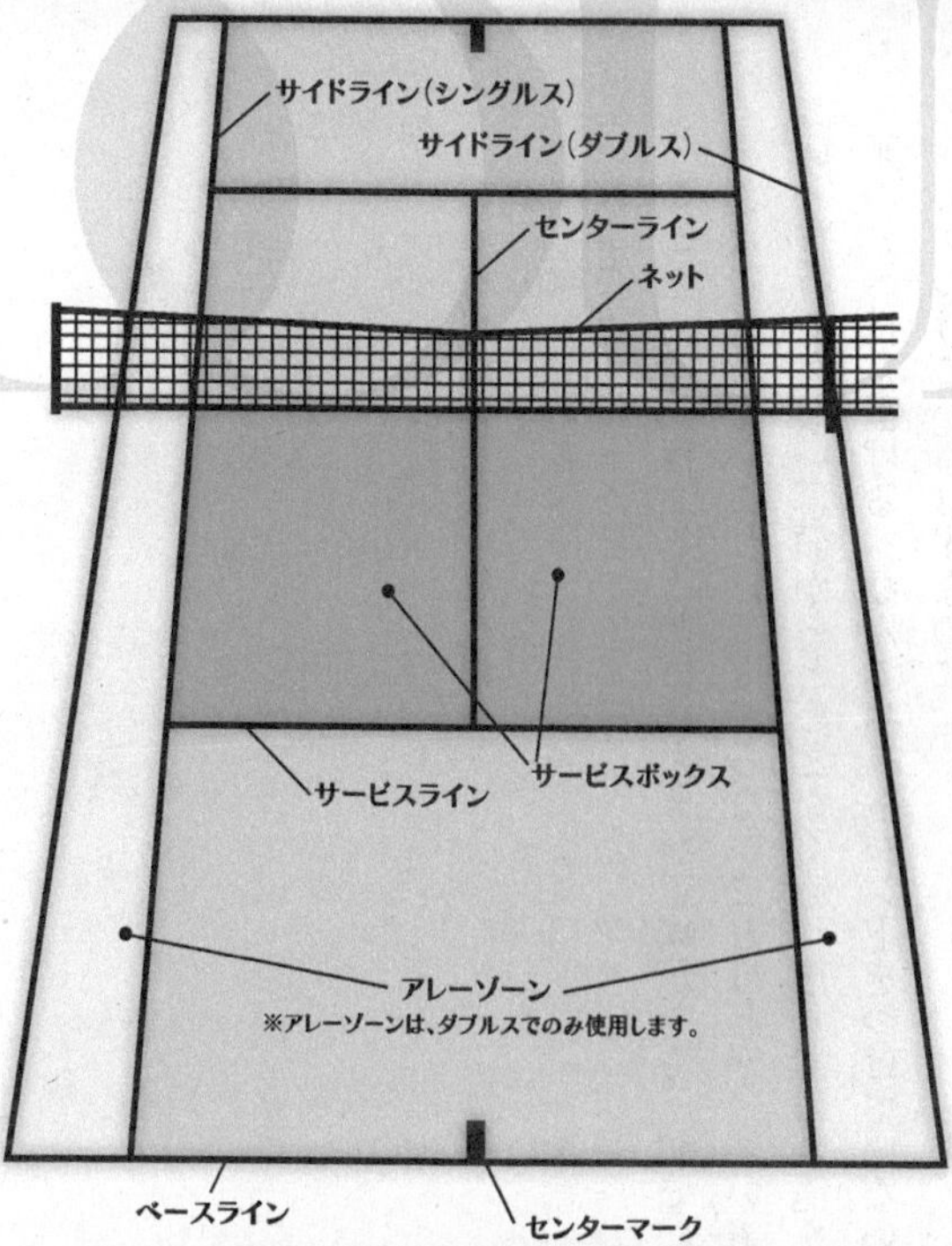

★登場人物★

0-0

凸

ゲームカウント5-6。

40-40《デュース》。

大事なポイントだ。

ここを一本先行することには大きな意味がある。すでに極限にまで高まった集中力をさらに高める。これ以上上がらないことはわかっているが、上げようとしておかないと維持できない。額からとめどなく流れ落ちてくる滝を手首でせき止め、そのまま頭の方へ拭き上げる。なんでリストバンドをつけていないんだろうと思う。いつもなら必ずつけているはずなのに。

ネットの向こうは霞《かす》んで見えない。蜃気楼《しんきろう》のようにぼんやりと、歪《ゆが》んでいる。目に汗が入ったかと思って擦《こす》ろうとするが、腕が上がらない。ダメだ。相手は誰だ？　背の高い人影がぼんやり映っている。トスが上がるのが見える。慌ててラケットを構える。

しゅぱっ、と音がしてボールが跳ねた。

体の自由が効かない。重たい。のろい。なんでこんなに動かないんだ。まるで関節という関節が錆《さ》びついているみたいだ。無理矢理振り切るようにしてボールに飛びつく。ラケットを振り出し、打ち返す——ラケット？

肝心のラケットの感触がなくて自分の腕を見下ろしたオレは身震いした。

——右腕から先が、ない。

＊

目が覚めた。

汗をぐっしょりかいた体は火照って熱いくらいなのに、汗でひんやりと冷たくもある。身を起こすと額から汗の雫《しずく》がぽたぽたと零《こぼ》れ落ちて、布団の上に染みを作った。

見慣れない布団の柄だった。辺りを見回すと見慣れないカーテンがそこにあった。

「ああ……そうか」

自分が入院していることを他人事《ひとごと》のように思い出す。

汗を拭うために右腕を上げようとしたが、動かなかった。右腕が動かない。動かないが、腕はそこにあった。ギプスでグルグル巻きになっていた。瞬間、夢の記憶が薄れ現実が戻ってくる。

人体において、肘と手の間には二本の骨がある。その内の一本が尺骨だ。もう一方は橈骨《とうこつ》といい、一般に前腕骨折というとこのどちらかの骨——あるいは両方が折れていることを指す。駆《かける》の場合、尺骨が綺麗《きれい》に折れていた。

骨と骨を繋《つな》ぐ手術を受けた。プレートを埋め込み、ボルトで固定した。ボルトが抜けるのは春頃になるそうだ。およそ三ヶ月。それから固まってしまった筋肉のリハビリ。夏頃には日常生活には支障がなくなるだろうとのことだった。

日常生活に、全力のテニスの試合は当然含まれていない。

夏。早くて梅雨頃。六月。

七月の都立戦まで、ギリギリもいいところだ。復帰して猛練習して、それでも全盛期に戻すのは無理だろう。時間が足りない。何よりこの半年間、自分は一切前に進めないのだ。奇跡的に七月までに勘を取り戻せたところで、それは半年前の自分を取り戻すだけであって、その間も練習し続けてきた人間たちとの差を埋められることにはならない。

右腕が動かないことが却《かえ》って頭を冷静にさせたのか、あんな夢を見るわりには落ち着いている自分を意外に思う。いや、まだ夢だと思っているのかもしれない。あまりに現実感がない。これから先、半年近く、テニスができない……？　考えられなかった。想像もできなかった。

左手を伸ばして携帯電話を見る。時刻は午後の三時だった。耳を澄ますと同じ病室の人間の息遣いが聞こえる。廊下を歩く人の足音が聞こえる。声が聞こえる。病院って、静かなんだなと思う。少し、試合中に似ている。テニスの試合は、ラリー中は観客さえも声を出すことを許されない。四六時中ガンガンとメガホンを打ち鳴らして応援するサッカーや、野球や、バレーボールを見慣れている人からすると不思議な光景かもしれない。どちらかといえばゴルフに近い。選手の邪魔をしない。患者に配慮して静かな病院と同種の気遣いがそこにはある。

こんなときまでテニスを思い出すのか。

どっぷりとテニスに浸《つ》かった生活を送っていたのだということが、テニスから無理矢理引き剝がされるとよくわかる。

窓の外に目が向く。

まだ一月だ。冬の空だ。薄水色に澄んでいる。夏とはまた違う、透明な空。冬の方が空は青いのだと昔誰かが言っていた。本当にそうだろうか。駆には夏の、コートの中から見上げた青空の方がずっと青く、ずっとまぶしい。

鳥が一羽飛んでいった。ぼんやりとその軌跡を追っていると背後から「進藤《しんどう》くん」と小さな声がした。

宙見《そらみ》だった。

「お見舞い、何がいいかわかんなくて」

無難な焼き菓子を差し出しながら、宙見は掠《かす》れた声でひそひそとしゃべった。気にしているんだろうな、と他人事のように思う自分がいるのをぼんやり感じる。

「サンキュ」

左手で受け取ると、宙見の目が反対の手をチラリと見た。一瞬、その視線から逃げたい衝動に駆られるが右腕は動かない。

「どのくらいで、治るって……？」

宙見の声はそれこそ蚊が鳴くようで、そばにいる駆でさえ聞き取るのがやっとである。

「全治三ヶ月。リハビリにだいたい三ヶ月」

「じゃあ都立戦にはギリギリ……？」

「間に合うかもな」

　自分でも驚くほど乾いた声は、宙見にはより乾いて聞こえたかもしれない。駆は窓の外に顔を向けて、彼女の顔を視界から遠ざける。

「……ごめん。私のせいで」

「宙見のせい？」

　振り向かないまま、駆は訊《き》き返した。

「なんでそういう話になってんの？」

「だって、私がいなかったら進藤くん、怪我《けが》しなかったでしょう？」

「それでへこんでんの？」

「だって私のせいだもの。私のせいで人が傷ついたら、私だって傷つくよ」

　宙見のそれは、とても優しい理屈だ。悪気がないのもわかっている。でも、駆は彼女にそうなってほしくて自らの腕でボールを受け止めにいったわけではない。

「ふーん」

だから、少し意地悪い口調になった。

「宙見が傷つかないように庇《かば》ったはずなのに、結局オレが宙見を傷つけたってことか」

宙見が弾《はじ》かれたように顔を上げる気配がした。

「そうは言ってない！」

「そう言われてるように聞こえるけど」

「言ってない！」

こういうとき、宙見は意地になりやすい。いい加減それくらいの性格は、お互い把握している。

「じゃあ、宙見はなんで傷ついてんの？　誰に傷つけられたの？」

「それっ、は……」

宙見が言葉に詰まる。

本当は宙見だって、わかっているのだろう。

駆がつけたのでなければ。

彼女自身が負っている心の傷は。

彼女自身が、自分でつけた傷だ。

自分で自分を責めて、つけた傷だ。

だけどそれは、とても無意味な傷だ。

誰も幸せにならない。宙見が痛い。それを見ている駆はやるせない。

「宙見の気持ちはわからなくはないけどさ。傷ついてほしくなかった側の立場からすると、そういうこと言われるとへこむんだよ。そうやって目の前で萎《しお》れられても、どうしていいかわかんねえもん。怪我しないで済んだんだから、笑っててくれりゃいいのにさ」

「でも」

宙見は食い下がる。食い下がらないでくれ、と願う駆の気持ちを振り切るように。

「私が怪我するはずだったんだよ。私が怪我すべき、」

「やめろよ！」

共同病室だということも忘れて大声が出た。

「腕折れて、プレートとボルト埋め込んで骨繋いで、治るまで半年もかかるような大怪我、すべきだったなんて軽々しく言うなよ！」

怒鳴りながら振り向いた駆の目に映った宙見は口を押さえて、目を真っ赤にしていた。

「ごめん」

ぱっと踵《きびす》を返して病室を出ていく。後ろからでも泣いているとわかる背中が、風に揺れるカーテンの向こうに消えた。

追いかけるべきな気がした。でも足は動かなかった。怪我をしているのは腕のはずなのに。

「女の子に怒鳴るもんじゃないねえ」

同じ病室の、向かい側のベッドの老人が静かに言った。微笑《ほほえ》んではいたが、呆《あき》れているのだと思った。

＊

年末には退院して、年明けは家で過ごした。

去年と同じように初詣に行こうと森《もり》から誘いがあったが、駆は怪我を理由にそれを断った。神様に祈ったって骨が一日で繋がるわけでもない。それに、去年の都立戦優勝祈願は結局聞き届けられなかった。同じことを祈った高校生がいったい何人いたのだろう。祈ってなさそうな山神仁《やまがみじん》擁する山吹台が二連覇を達成したというのは皮肉にもほどがある——などと逆恨みもいいところの思考はぐるぐるとまわり続ける。去年から八つ当たりばかりだ。一年に当たり、宙見に当たり、今度は神様。

結局自分はそういう人間なのだろうかと思う。短気で、器が小さくて、人のせいにしてばかりの卑怯者《ひきょうもの》……余裕がないとすぐに我を失って、感情的で、子供みたいに喚《わめ》き散らす。

ちょっとは大人になっているのだと思っていた。成長しているのだと。背丈《フィジカル》だけじゃない。心持ち《メンタル》も――でも実際にはオレは一年の頃のガキで馬鹿な自分と何も変わっちゃいない。自分のことばかり考えて感情を振り回し、相手の体から血が流れてから初めて誰かを傷つけていることに気がつく。

どうして言ってしまってから後悔するのだろう。後悔するくらいなら、はじめから口にしなければいいのに。

宙見に怪我がなかったことは、本当にほっとしたのだ。下手をすれば頭を直撃していたかもしれない。怪我では済まなかったかもしれない。それが自分の腕一つで済んだなら――でも、もう少しスマートにいくはずだったのだ。怪我をするつもりはなかった。上手《うま》くいなす予定だった。骨が折れるほどのダメージを、食らうつもりはなかった。

もちろん自己責任だということはわかっている。だからこそ、宙見に加害者みたいな顔をされたことが嫌だったし、自分がそんな顔をさせたことに苛立《いらだ》ったのかもしれない。苛立ちをそのまま宙見にぶつけてしまった自分にも。全部自業自得で、身から出た錆《さび》。鏡を見ると、醜く錆びた自分の顔が情けない表情で映っている。

引きこもっていると世界は収縮する。

別に冬休みの間中部屋にいたわけじゃない。だけど確かに、駆の世界は縮んでいた。どれだけテニスが大きいものになっていたのか、失《な》くしかけている今だからわかる。このまま失くしてしまうのは嫌だと、心が確かに叫んでいる。

それでも駆は、長いことラケットに触れていなかった。「おまえは両腕折れても口でラケット咥《くわ》えて振ってそうだよな」なんて、いつだったか冗談交じりに森に言われたことがあったたか。左腕で振ることもできたが、駆はラケットバッグを開けてすらいなかった。

心のどこかで思っている。

オレの高校テニスは終わったのだと。

万全を期して都立戦に出られないのなら、怪我が治ったって意味がないと。

幼稚な理屈だとわかっている。部長が口にしていい言葉じゃない。だけど今、自分がラケットを握ろうとしない理由は紛れもなくそこにある。

シングルスがやりたい、というだけでソフトテニスから硬式に転向し、藤ケ《ふじが》丘《おか》高校硬式庭球部に入部して早二年。いつのまにか硬式テニスをやる理由はシングルスだけではなくなっていた。どこでもいいわけじゃない。この場所、この時間、このメンツが揃《そろ》っている今の藤高テニス部で硬式テニスをやることに大きな意味がある。このチームの全力を引き出し、それをぶつけ、山吹台《やまぶきだい》を打倒して優勝する——今回の怪我はその「全力」から、自らが弾き出された感覚だった。

三年の夏に迎える最高の有終の美を、何度も思い描いてきた。入部当初には頭をよぎりもしなかったそのビジョンは、今や駆の心象風景として強く胸に刻まれている。

だが、もう青写真はひび割れてしまった。

オレはその場所に立てない。それは永遠に心象であり、現実にはならない。


「あれ、進藤じゃん」

一月第二週のことである。

正月をあまりに引きこもって過ごしたせいか親にとうとう家を追い出され——けれど行く当てなど当然なく、適当に駅の方にぶらぶら足を伸ばすことにしたらサメ先輩にバッタリ出くわした。

「おまえ、なんで初打ちいねえんだよー」

開口一番痛いところを突かれて答えに窮する。森に初詣に誘われた日はテニス部の年始行事・初打ちの日でもあった。初詣を断った駆は必然、初打ちにも顔を出していない。どんなふうになったのか、聞いてもいない。

「サメ先輩来てたんすか」

「おまえらが呼んだんだろーがよ」

一瞬首をひねりかけるが、たぶん森だ。年末に、OB・OG向けに初打ちの開催告知メールを送っているはずだった。

「受験前なのにテニスしてていいんですか?」

サメ先輩は露骨に嫌そうな顔をする。眉間にしわを寄せ、目を細め、口をへの字にする。

「よくないからこうして予備校来てんだろ」

「いや、初打ちの話です」

「あれは息抜き」

「はあ……今日はなんの勉強ですか」

「センター数学かな」

「やばいんですか？」

「言っとくけど進藤よりはマシだから」

「オレ受験生じゃないです」

やっと少し笑いが出る。数学は駆も苦手なので、来年は苦労することになるだろう。

「全治三ヶ月だって？」

ギプスをチラリと見てサメ先輩が言った。初打ちに行ったなら部員から聞いているのだろうが、実際のところ誰から聞いたのだろう。病院には宙見の後も、森や涼《りょう》、後輩たちが来たので、駆の怪我事情については部員全員が把握している。なんとなく、宙見は話さなそうだなと思う。森かな。森だろうな。

「リハビリ含めたら半年くらいですよ」

「おまえは治るのに三ヶ月もかからんだろー。体力馬鹿なんだし」

「体力で骨くっつくんですかね」

「牛乳飲め牛乳」

すっかり現役時代の日焼けの跡が抜け落ちたサメ先輩は、去年卒業式で会ったソラ先輩の白さによく似ている。文字通り漂白されて、あの頃のギンギラギンとした威厳というか角が取れてしまったその面持はかつての本人とはまるで別人のようだった。

「その腕で練習はできないだろーけど、たまには顔出してんのか？　部活」

「はあ……」

駆は答えを濁した。

言えない。この人の前で。気持ちが、気力が、すでに離れつつある気がする、なんて。もう頑張れないかも、なんて。そのくせしがみついている自分がいるからなおさら——たまにふっと気がつくとスクワットをしている自分。テニスの動画を見ている自分。無意識は、意識よりも正直だ。後生大事に抱え込んでいる。手を放そうとしている自分の右手を、自分の左手が止めている今、返すべき言葉を駆は見つけられない。

サメ先輩は森たちから何を聞いたのだろう。森たちは、自分について、サメ先輩になんと言ったのだろう。

「怪我したときにしかできないことがある、なんて綺麗ごとは言いたくねえけど、強制的にテニスから引き剝がされることなんてそうそうないだろ。『そういうときだけ持ってる視点がある』とか、ソラさんなら言うんだろうけど」

サメ先輩は駆が答えを濁したことに直接突っ込みはしなかったが——確かにあの人

なら言いそうだ、と思って駆が苦笑していると、ずいっと怖い顔を突き出してきた。

「俺はあの人みたいに甘いことは言わねえぞ」

ぶす、と人差し指で眉間を突かれた。

必然、目を合わせてしまった。

……前言撤回。別人なんかじゃない。この人は紛れもなく、去年藤ヶ丘高校硬式庭球部を率いた鮫田《さめだ》部長だ。

「練習出ろ。這《は》ってでも出ろ。見てるだけでも違うんだ。ずっと見てろ。コートに戻ったとき、どうやって倒すかだけ考えてろ。勝ちたい、悔しいって気持ちは冷めやすいんだ。引退試合に負けてボロボロ泣いたチームが、翌年の夏にはヘラヘラ笑って試合前に炭酸飲んでやがる。そんなチームに限って負けりゃボロボロ泣く。毎年同じことの繰り返しだ。そういうチームは万年一回戦止まり」

いつになく感情的なのは、去年の引退時に言い損ねたことを、今しゃべっているのかもしれない。

「けどおまえらは違うだろ。優勝目指してんなら優勝したいって気持ちをまず持てよ。どこの学校よりも強く持てよ。精神論じゃねえ。テニスやってんならわかってるだろ。限界に達したときにそれでもあと一歩ボールを追えるかどうかはそういうとこで決まってくんだ。右が折れたら左で振れ。左が折れたら口で振れ。素振りなんていくらでもできんだろ」

――強くなりたいってのは、そういうことを言うんだ。

言うだけ言うとぶすっとした顔でポケットに手を突っ込む。

この人は気づいたのかもしれない。すでに駆の中で、火が消えかかっていることに。だとしたらそれは激励ではなく、きっと忠告だ――一度消えたら戻れないぞ、と。

「まあ、難しいけどな」

サメ先輩がぽつりと言った。

「怪我から復帰してきて前よりも強くなるやつって、どうなってんだろうな」

まったくだ。琢磨《たくま》とか。天本《あまもと》とか。どうなってんだ。

オレも知りたいです、とぼそりとこぼした声は、たぶんサメ先輩には届かなかった。

＊

毎朝マフラー越しに白い息が空に立ち昇っていくのを見ると冬だなと思う。

三学期の練習にも顔は出さずにいた。教室での振る舞いも自然ぎこちなくなっていた。涼はともかく、宙見の方はついつい避けてしまう。向こうが避けていたのかもしれないが同じことだ。森はたまに教室にやってきては、部のことを話してくれる。とりあえずは問題なくやっているようだ。河原《かわはら》や藤村《ふじむら》もたまに顔を出した。こっちは宙見に会いに来ていただけなのだろうが、そのついでに河原は相変わらずあけすけな言い方で、藤村は控えめにそれぞれ励ましてくれた。琢磨だけが、一度も顔を出さない。あいつは何を考えているのだろう。

思えば琢磨も一年のときに怪我をしている。今の駆ほど重症ではなかったものの、手首を痛めて夏休みの間中練習を禁じられた時期があった。ボールを打たなければ腕を振れたので、走ったり、手首に負担のかからないトレーニングなんかをしこたまやらされて腐っていた。腐ってはいたけれど、練習には必ず来ていた。

最近静かだ、と涼が言っていた。琢磨はいつだって静かだが、冬休みから三学期にかけていつになく黙々と淡々とボールを打っているらしい。切れ味鋭い刃物を思わせるその雰囲気は、怒っているわけじゃないとわかっていても近寄りがたく、誰もろくに声をかけられないのだと聞いた。

一度だけ三階の廊下からコートを見下ろしたとき、あいつがサーブを打っているのを見たことがある。

少しフォームが変わったか。

いつ見ても無駄がなく、キレのあるサーブをたった一球見ただけで、今まで無理矢理に心だか頭だかに閉じ込めていたあの場所への執着と情熱——それが栓をひねった炭酸水のように噴き出してきそうになり、駆は慌ててその廊下から離れた。


もう一ヶ月近くボールを打っていない。

相変わらずラケットは鞄《かばん》から出していない。

たまに病院へ行く。骨は順調に再生しつつあるらしい。予定通り繋がると聞いてほっと胸を撫《な》で下ろした。テニスがいつできるかは訊かなかった。

いつのまにか二月だった。センター試験はついこないだ終わったらしいが、サメ先輩たちの結果は聞いていない。この時期はもう学校に来る三年生はほとんどおらず、毎日当たり前のように上級生の活気があふれていたフロアが、まるで神隠しにでもあったかのように静まり返っている。誰もいない教室で、机と椅子だけが持ち主の最後の帰りを静かに待っている光景は寂しいというより空虚だった。

静かだ、と涼が言っていた琢磨の静寂は、こんな感じなのかもしれないとふと思う。ただ音がしないのとは違う。もともとあったはずの音が、抜け落ちている。それまで奏でられていた楽譜に、突然穴が空いたみたいに。

今のテニス部も、同じなのだろうか。

自分が抜けた分、音が消えているのだろうか。

だからあいつも、静かになってしまったのだろうか。

ダブルス。あいつと組み始めてもう二年近い。

二つで一つ。阿吽《あうん》の呼吸。黄金コンビ――そんなふうに言われたことはない。気の合ったコンビではなかった。凸凹《でこぼこ》コンビだ。二年前から、今までずっと。

そんな凸凹コンビの音が消えた。どうせもともと不協和音だ、なくなったところでむしろ静かでいいだろう。……それとも今のテニス部は、三年生が抜けた校舎の二階みたいに――こんなにも寂しいのだろうか。


家に森が来た。涼と一緒だった。

まあまあまあ、と事情を知らない母親が嬉《うれ》しそうにして勝手に盛り上がっていたが、母以外の面持は自分も含めわかりやすいくらいに硬かった。森と涼が普段通りにしようとしてくれているのがわかったが、それがわかってしまう時点で気を遣われているのだということもわかってしまう。普段そんなことをするような間柄ではないから、それだけで十分気まずい。

「腕、どうよ」

「ん。順調だって」

「そっか。リハビリの予定は？」

「四月からって話だけど、その気なら一週間くらい早く始めれるかもって先生は言ってた」

「お、よかったじゃん。じゃあ早く戻ってこれそうだな」

「ン」

本題までの間を繋ぐような雑談はほとんど涼がしゃべっていた。森はニヤニヤしていなかった。母が出してくれたオレンジジュースには誰も手をつけなかった。溶けた氷が早く飲めと言わんばかりにカランと音を立てるが、氷入りのオレンジジュースには少し早い季節だと思う。

部のことをしゃべり始めると森が口を挟むようになった。最近やっていること。冬の市民大会や練習試合の結果。追いコンの予定。誰が上手くなったとか、苦労しているとか――駆不在の今、部長の代理は副部長たる森の役目だが、意外にも琢磨が練習中は主導しているらしい。藤ヶ丘にはキャプテンという役職はないが、それに近い感じになっているのだと森は少し嬉しそうにそう言った。

「なあ、進藤」

やがて森が本題に入る気配がした。

「春には戻ってくるよな」

疑問符はついていないように感じた。問いかけというよりは、確認。念押し。でも、森の目は疑っていると思った。疑っているということは、やっぱりそれは問いかけなのかもしれない。

「戻るって？」

「練習だよ。顔出せよ。一年も入ってくるんだしさ」

「リハビリあるよ。むしろ今より時間なくなる」

「じゃあなんで今まで練習来ないんだよ」

「行ったたって練習できねーじゃん」

笑って誤魔化そうとしたが、森は笑っていなかった。顔も、目も、笑っていなかった。見るだけでも意味はあるよ、とどこかで聞いたセリフを言った。

——追いコンは絶対来いよ。おまえがいなきゃ始まんねえんだから。

森はそう言い残して帰っていった。涼は森のように直接的なことは言わなかったが、たぶん同じことを思っているのだろう。

密《ひそ》かに噂《うわさ》が広がりつつあった。

──進藤はもう部に戻ってこないかもしれない。

あれからも結局一度も練習には顔を出さなかった。森や涼は話を広めはしなかったようだが、他の部員も馬鹿ではない。雰囲気でわかるのだろう。今の駆からは出ていないのだ。今まで噴き出していた、強いオーラのような何かが。ずっとそのオーラに触れていた人間からすれば、それがない駆はきっと別人だ。廊下ですれ違うたびに、どんどん存在感が薄れていく。文字通り、幽霊のように。

三月になると、三年生がぽつぽつ学校に戻ってきた。受験が終わって、残す学校行事は卒業式だけだ。テニス部三年生の結果も人伝手《ひとづて》に聞いた。全員第一志望、とまではいかないものの、進路は概《おおむ》ね決まったようだった。

春休みまであと少し、というある日、突然嵐山《あらしやま》が教室に来た。進藤先輩いますか、と入口のところでクラスメイトを捕まえて訊いている嵐山の声が聞こえて、呼ばれる前に駆の方から席を立った。

廊下で少し話をした。内容はだいたい森や涼と同じだったが、嵐山は大概不器用だから、その分言葉は直球で、それゆえに駆の胸にもぐさりぐさりと突き刺さる。

「辞めないですよね、先輩」

自分が言えた義理ではないが、入部した頃は問題児だった。一人で強くなるからと周囲を突っぱねていたコイツももう先輩になるんだなと思う。周囲を気遣って、チームのことを考えて動けるようになったんだなと思う。

それに比べて自分ってやつは。

骨と一緒に、心が折れてしまった。ぽっきりと、あっけなく。だけど高校生活の大半を賭けて積み上げてきたものを一気にへし折られて、責任とか、やる気とか、そんなものだけではどうしても立ち直れない。頑張ればなんとかなる、諦めるな、なんて綺麗ごとは聞きたくない。どうあがいたって自分はもう今年の夏に、山神や天本のような選手と対等に渡り合える選手たり得ない。マラソンだって、途中で転んだ選手が立ち上がるのを待つやつはいない。真剣勝負とはそういうことだ。

オレは脱落した。トップ争いの先頭集団から遅れた。致命的な差をつけられて、半年後にリスタートできますと言われて、でもその頃にはあいつらはいったいどこまで行ってしまっているだろう。部員として部に戻ることはできるかもしれない。単純にテニスをして、練習をして、部長としての役割を果たしつつ、都立戦は応援やサポートに徹して、チームをまとめあげて……それもできるかもしれない。いや、そうすべきなのだろう。それはずっと頭の隅に引っ掛かっていて——だけど引っ掛かっている場所が隅だということが、もうどうしようもなくオレという人間をよく表している。

オレは、部長である以前に、選手だ。どうしようもなく選手なのだ。テニスをやりたくて、テニス部にいるのだ。

やっぱりオレは部長には向いていなかったのだと思った。半年前にはあんなにも部長であることにこだわったくせに、今はそんなことどうだっていいと思っている。結局自分のことばっかりだ。器じゃなかったのだ。だったらなおさら、そんなやつが部長として部に戻るべきじゃない——。

「俺はそうは思ってないですから」

嵐山が短く言った。口に出ていたか、それとも顔に出ていだろうか。嵐山は駆を見ていた。やっぱりまっすぐな目だった。まっすぐな目が、まっすぐに駆を見据えていた。

「部長が必要です」

待ってます、と言い残して嵐山は去っていった。いつのまにか力強くなった背中に、胸の奥の深いところが軋《きし》む。

もうすぐ春がくる。

三月の風が吹いている。鼻がくすぐったくなって足を止めた。

桜の枝先に春色の蕾《つぼみ》が膨らんでいる。毎年、猛スピードの自転車で通り過ぎるばかりで、ゆっくり見たことはなかったなと思う。徒歩で登校することにもすっかり慣れてしまい、最近はもはや帰宅部と何も変わらない。朝早く登校してしまう習慣だけが、何かの名残のように体に染みついている。

校門をくぐったところで、見覚えのある藤色のウインドブレーカーにラケットバッグを背負った人影が駐輪場の方に歩いていくのに気がつき立ち止まった。

琢磨だった。

駆には気がつかず、コートの方へその背中が消えていく。駐輪場に行く必要がなくなったので、そのそばにあるコートにも久しく寄りついていなかった。チラリと後ろ姿を見ただけなのに、また体の奥底からじわりと何かがにじみ出てこようとする
——慌ててその場から遠ざかろうとしたところで、別の顔見知りと目が合った。

「進藤くん」

藤村と河原だった。二人もウェア姿でバッグを背負っている。朝練に出るのだろう。

「お……はよう」

「なに、その顔」

河原が駆の顔をずけずけと指差した。

「幽霊でも見たような顔して」

「いや……」

河原と藤村が現れたタイミングからして、駆が琢磨を見ていたのはわかっているはずだ。河原のそれはたぶん、皮肉だった。

「先、行くよ真緒《まお》。私グリップテープ巻き直したいから」

「あ、うん」

藤村が河原を見送る。相変わらずチビで駆の背丈でも旋毛《つむじ》が見える小柄な少女を見下ろしながら、なんでこいつは一緒に行かないんだろうと思う。藤村の目はコートの方を向いていたが、たぶん河原を見ているわけではないのだろう。

「曲野《まがの》くんだけなんだよね」

唐突過ぎて話が見えなかった。

「なにが？」

藤村がこっちを見上げる。未《いま》だに苦手意識のある——宙見とは別のベクトルで力強い瞳。

「進藤くんのとこ、いろんな人が行ってるでしょ。でも曲野くんだけ、行かない。森くんとか、新海《にいみ》くんが色々相談してるときも、全然話に加わらないの。たぶん進藤くんが戻ってくるって確信してるから、ただ待ってるのかなって」

　駆は苦笑いする。藤村は根がネガティブだが、たまに楽観的だ。

「それってさ、世間一般では『見放してる』って言うんじゃないの」

「見放してる人は、『あいつは戻ってくるよ』なんて言わないと思う」

　ぶわっと右腕の血が騒いだ気がした。まるで今年に入ってから実はずっと、血が通っていなかったみたいに。思わずギプスの上から右腕をぎゅっとつかむ。そんなことで繋がりかけの骨が軋むわけもないが、ずきりとした痛みを確かに感じる。

「あいつがそんなこと言ったの？」

　人を信じるなんてこと、今だってろくになさそうなあいつが？

　森や涼でさえ信じていないオレの帰還を、信じてるっていうのか。

「言ってたよ。ちょっと不機嫌そうに」

　藤村はくすっと笑って、確かにそう言った。藤村自身、疑ってなさそうな目だった。

＊

卒業式は出席したが、その後の出待ちには加わらずに家に帰った。先輩には個人的にメールを送ったが、返事は未だにきていない。テニス部では春休み中に追いコンがある。三年生との実質的な最後のお別れとなるのはその日だ。おそらく、そこにいなかったら駆はもはやテニス部の人間でいられなくなるだろう。

終業式が終わり、春休みになって、花粉で鼻が少しずつむずむずし始める。胸のどこかもむずむずし続けていた。骨が繋がってきているせいか、ここのところ右腕もむずむずする。ずっと体中がむずむずしている。

以前よりもメールがよくくるようになった。ほとんど読んでいないが携帯の通知ランプはつきっぱなしだ。たまに電話もくる。サブディスプレイに表示される名前は森や涼ばかりだが、稀《まれ》に嵐山なんかが混じっている。一切何も言ってこないのが二人

――琢磨と宙見だ。

藤村に言われた言葉がずっと引っ掛かっている。

年始に見た宙見の顔が瞼《まぶた》の裏に焼きついている。

最近はその二つばかりがリフレインして、耳を塞いでも、目を閉じても、まるで責めるみたいに、あるいは慰めるみたいに、はたまた叱咤《しった》するかのように、ときに激励するかのように、駆の感情という感情を揺さぶって放っておいてくれない。

机の上には書きかけの退部届が載っている。名前を途中まで書いたところで手が止まったそれは、もう長いことそこにあるような気がする。そばに放り出したシャーペンと一緒に、ずっとそこにあるような気がする。

すっかり強張《こわば》っているであろう右腕を少し動かす。何かに焦るみたいに動かす。部屋の隅のラケットバッグを見やる。ジッパーが少し開いている。

何かを振り切るように、駆はカーテンを開ける。窓を開ける。春の風がぶわっと吹き込んで、大きく一つ、くしゃみをする。

＊

追いコンの当日は家にいたら誰かが連れ出しに来るような気がして、珍しく自主的に家を出た。前日には鬼のようにメールが入っていたし、当日の朝もすでに着信が絶えない。

三月の空気はまだ少し冷たい。溶け残った雪のような、冬の名残だ。ダウンジャケットのジッパーをしっかり上げて、背中を丸めて歩く。行き先なんてどこだっていい。とにかく家にはいたくない——ドーナツ型の溝を数えながら、コンクリートの坂道を登りきると黒っぽい道路に出る。ひび割れたアスファルトの隅から雑草が覗《のぞ》いている。車の往来で巻き起こる排気風にゆらゆらと揺れる、その先端に蝶々《ちょうちょう》が止まっている。やがて飛び立つその羽ばたきに釣られて視線を上げると、春先の空にはね雲が浮かんでいた。薄いブルーに溶けてしまいそうな、淡く薄い雲だった。

長く部から離れ過ぎたのか。久しく空を見上げていなかった。

テニスというスポーツはよく空を見上げる。サーブのとき、スマッシュのとき、ロブのとき——ポイント間に気持ちを切り替える意味でも空を仰ぐ選手は少なくない。インドアコートも数多くあるが、天候に左右されることがわかりきっていてもほとんどのテニスコートは屋外にある。それはきっと、多くのバスケットボールコートが屋内にあることと、まったく逆だが同じ意味があるのだと思う。

いつだってテニスのことを考えている。

いつだってテニスのことを考えてしまう。

何をしていても、思考はそこへ至る。

テニスから離れれば離れるほど、考える時間が増えた。
チームから遠ざかれば遠ざかるほど、彼らの言葉を思い出す。
居ても立ってもいられなくなる。
諦めてしまおうとする自分を、別の自分が叱咤する。
たまらず駆は走り出した。
右腕は振れない。
体力も落ちている。
大してスピードは出ない。
けれど息はすぐに切れる。
はっ、はっ、はっ、と、荒い呼吸が喉を乾かす。
春の大気に紛れ込んだ花粉が鼻孔をくすぐる。
くしゃみが一つ出る。
バランスが取れずに転びそうになる。
近くのフェンスに左手でしがみついた。はぁ、はぁ、と肩で息をする。
「ナイッショー」
声がして、弾かれたように顔を上げた。

つかまっているのは藤高のフェンスだった。すぐ向こうはテニスコートだった。生い茂る雑草と微妙な高低差のおかげで駆の姿はほとんど見えないだろうが、こっちからは向こう側が見える。アップをしているのだろう。人影が動きまわっている。藤色のウインドブレーカーが、チラホラと見える。

あ、やばい。

まただ。むずむずする。鼻じゃない。腕が。右腕の芯が。そこから伸びる血管がすべて集う心臓が。ドックンドックン脈打っている。

なんでここへ来たのだろう。

逃げるように走ってきたのに。

まるで最初から目指していたみたいに。

足元にボールが落ちていた。コートのフェンスと学校のフェンス、二枚とも越えて外へ飛んできてしまったらしい。

拾い上げると同時に「あ」と声がした。声のした方に目を向けると、知り合いが立っていた。

「宙見」

もともと丸い目をぱっちりと見開いて、こっちを見ていた。

「ボール……」

とだけ言われて、駆は自分が握りしめたままのテニスボールの存在を思い出す。飛ばしたのは宙見だったらしい。

「ホームラン？　珍しいな」

なんとなく、目は合わせられずにそんなことを言う。

「うん。久々」

一瞬盗み見ると、宙見はぎこちなく唇を笑みの形に曲げていた。

駆は左手でボールを放る。上手く投げられなくて宙見の遥《はる》か手前でバウンドする。宙見が拾い上げるのを確かめて、駆は黙って踵を返す。

「どこ行くの？」

宙見の声が背中にぶつかった。

「コートはそっちじゃないよ」

駆が振り向いた途端、ボールが飛んでくる。慌てて左手でキャッチする。宙見は少し怒っているように見えた。何に怒っているのだろう。病院でのことか。部に来ないことか。それとも今の自分の行動にか——全部かもしれない。

「オレはもう、戻れないよ」

駆は言って、ボールを投げ返す。左で投げ返す。やっぱり上手く飛ばない。

「どうして……？」

「まともに練習できるようになるのは六月とか、ヘタしたら七月だ。そっから部に戻ってもブランク戻すので終わっちまう」

そんなの、なんのために戻るのか、わからない。部長としての責任とか、チームワークとか、無理矢理縛り付けるための理由なら思いつく。でもオレが、オレの意志で戻りたいと思う理由は、もうなくなってしまった。

宙見はボールを手の中でころころと弄びながら、考えているようだった。

やがて何かを決意したみたいに、ボールをポケットに突っ込んで顔を上げる。

「今から私、ちょっと嫌なこと言うから先に謝っとくね。ごめん」

そして、どこか突き放すようにこう訊いた。

「進藤くん。じゃあ、どうして退部届出していないの？」

嫌な感じで心臓が軋んだ。

森にも、涼にも、嵐山にも訊かれなかった。

あいつらはただ、戻ってこい、待ってるとしか言わなかった。辞めるつもりなら早くしろと急《せ》かすことはしなかった。退部届を出さないのなら、戻ってくるんだよな？

と言外に言っていた。そしてそれはたぶん、今の宙見も。

「……ずっと決めてはいたんだ」

部屋の机の上でずっと書きかけのままの退部届を思い浮かべながらもそう答えると、
宙見が変な顔で笑った。

「ウソ」

力強く言う。

「誰にも『辞める』ってはっきり言わなかったじゃない。迷ってるってことでしょう？　ちっとも決まってないんだよ。ずっと決まってたんなら、もっと早く退部届出せばいいんだから。決まってないから、未練があるから、諦めきれないから、ずっとずるずる答えを引き延ばしてきたんでしょう」

駆は返す言葉を探す。

必死に探す。

あるはずだ。何か。退部届をずっと出さずにいたそれっぽい理由が——でも自分のつま先から頭のてっぺんまで探してみても、言葉は見つからない。ない。そんな理由は、どこにもない。

宙見が言った以外の理由が、見つからない。

「私に言う資格ないのはわかってる。進藤くんが言う通り、私、自分が怪我すべきだなんて言うべきじゃなかった。ごめんなさい。でもね、やっぱり進藤くんが怪我をして、そんなふうに思いつめてしまった原因を作ってしまったとは思うから。本当はこういうことを言うのは、きっと曲野くんとか、森くんの役目なんだろうけど」

どうだろう。

あの二人に言われていたら、否定する言葉を見つけられたかもしれない。ひょっとしたら――でっちあげでも。

だけど宙見に言われると……ダメだ。この子はソラ先輩と同じ目を持っている。いつでも心の奥底まで見透かしていそうな、夏のビー玉みたいな瞳。

だから認めざるを得ない。

……そうだ。

退部届を出さなかったのは、迷っていたからだ。自分で退部届を出す勇気もなく、だから追いコンというタイムリミットを逃げ切れば辞められると思っていた。自然に。誰に何を言うこともなく。だけど自分自身がそれを嫌がった。だから足がここへ、自分を連れてきた。この場所へ。藤ヶ丘高校硬式庭球部へ。

「さっき進藤くん、戻ってもブランク戻すだけで終わっちゃうって言ったけど。私はそんなことないと思う。絶対、ちゃんと選手として、コートに戻ってこれると思う」

「気休めはいいよ」

駆は乾いた声で笑った。

迷っていたことは認める――それは今でも。

だけど、事実は変わらない。部に戻れば、あのとき部に戻ればよかった、なんて後悔はしないで済むだろう。でも逆の可能性が浮上するのだ。今年の都立戦に出られずに、コートの外から眺めるだけの――あのとき、戻らなければよかった、なんて。

「頑張ればなんとかなる！　諦めるな！」

びくっとした。

宙見が叫んだのだ。

それはとてもありきたりな言葉で、今の駆が一番嫌いな綺麗ごとだった。

にもかかわらず、耳にした瞬間涙腺が緩んだ。

と思ったら、視界は滲《にじ》んでいた。

もう宙見の顔が見えない。

頑張ればなんとかなる、なんて。

諦めるな、なんて。

そんな漫画みたいなセリフ、どうしてそんなまっすぐに言える。
どうしておまえがそれを微塵《みじん》も疑わず信じている。
オレの体のことは、オレが一番わかっているはずなのに。
どうしてオレよりも、オレの可能性を知っているみたいに。
涙は止まらなかった。
自分の中のどこにこんな水分が溜《た》まっていたのだろう。
くしゃみが一つ出た。
右腕もむずむずする。体中がむずむずしている。
テニスがしたい、と思った。
無性にテニスがしたい。ボールを打ちたい。
そして今年の夏に、またあのコートの上へ。
「宙見」
駆は目を拭った。
「うん？」
「……ごめん。色々」
宙見の笑う声がする。

「ううん。私こそ」

宙見がポケットに手を突っ込んで、さっきのボールを取り出す。ぽーんと放られたそれは、駆のギプスで固められた右手に吸い込まれるようにおさまった。

1-0

凸

春になって新入部員が入ってきた。今年の教育係は村上らしい。おまえじゃないんだな、と嵐山に言ったら「向いてると思います？」と真顔で訊かれた。駆も人のことは言えないが、確かに一年に教育する嵐山というのは想像しがたい。一年前より幾分印象のやわらいだ今でも、嵐山はどっちかといえば取っつきづらいタイプだ。

藤ヶ丘は去年の実績はあまり振るわなかったが、それでも有望そうな一年が何人か入ってきてくれている。新二年の代もそれなりに粒は揃っているし、来年を託すのに不安はない。もうそんなことを考える時期なんだなとぼんやり思う。いつかの先輩たちの立っていた場所は、思っていたよりも高くない。

女子部には一人、おもしろい女の子が入ってきていた。青山春《あおやまはる》、と名乗った彼女はあの琢磨と同じ中学出身なのだという。「お久しぶりですー、ぽっち先輩」と、確かになんとなく話しかけづらい雰囲気を出している琢磨に物怖《ものお》じもせずにずけずけと話しかけて周囲を冷や冷やさせる反面、一部の人間をニヤニヤもさせている。どこかゆるゆるとした雰囲気なので、多少なりとも規律に厳しい高校運動部の世界に馴染《なじ》めるのか心配だったが、先輩の言うことはよく聞いているようだ。いい子ですよーと女子部教育係の白石《しらいし》がにこにこして言っていたが、藤村に言わせれば猫を被《かぶ》ってそう、とのことで駆から見てもおそらくその認識は正しい。もっとも、入部当初なんて大概の一年は猫を被っているのでそれはそれで悪いこととも言いきれない。

そんな部にしれっと戻ってきてしまった自分も、最近は大概猫を被っておとなしくしている。

追いコンの日、宙見の陰にこそこそ隠れるみたいにしてコートへ行ったら、気づいた森と涼にあっという間に連行されて、腕が使えなくても審判できるだろ審判！　とずっと審判台に座らされた。それなりに根には持たれていたようで、自覚もある分、駆としては部員には基本頭が上がらない。

四月になってギプスが取れ、ボルトも抜けた。最近は医者の指示に従ってリハビリに励んでいる。医者からゴーサインが出るまでラケットは当然振れない。練習には一応出ているが、激しい運動は厳禁なのでだいたいは見ている。

インターハイ予選に向けて、ここのところ琢磨は嵐山とダブルスの練習を行っている。駆は当然出場できないし、森とリョウのダブルスはずっと練習してきたので今さら崩すわけにもいかないらしい（調子はよさそうだ）。駆がD1に入る可能性も残されているが、ひとまずは現状の戦力で浮かせるわけにはいかない琢磨と嵐山が組むのに異存はなかった。普段琢磨はバックサイドだが、嵐山は左利きなのでこれをバックサイドに置かない手はない。琢磨としては珍しくフォアサイドをやることになるようだ。

練習を見ている限り、二人のダブルスにさして問題は感じなかった。嵐山は新人戦のときにダブルスで散々な結果を残していたが、ここ半年ほどで少しはダブルスのいろはもわかってきたようで、以前ほどの拙さはない。何よりその強力なサウスポーのサーブとフォアハンドは、ダブルスバックサイドにおいてもやはり得難い才能だ。そして嵐山自身、練習にはいつになく真剣な面持で望んでいる。

「進藤が本当の意味で復帰できるかどうかはまだわからない」

練習中、琢磨が嵐山に言っているのを聞いた。

「仮に練習には戻れても、ブランクを戻せない可能性はある。あいつが戻ってくることをあてにするなよ。おまえと俺で都立戦ダブルスを戦わなきゃいけない可能性は十分あるんだ。仁や天本を、おまえが倒さなきゃいけないかもしれない」

技術的に高いものを持っているのは周知の事実。部内で四番目を張る未来のエースだ、実力を信用しているからこその言葉だろう。そして駆にとっては耳が痛く、厳しい言葉でもある。

駆は練習のとき、最初と最後だけコートに入っている。部長として練習の最初の挨拶とか、連絡事項を伝えるためだ。副部長である森がやってもいいのだが、おまえがやれ、と森本人が言うので駆がやっている。その後はすぐコート外に出て、練習を見ているか、たまにリハビリっぽいことをしている。ギプスのとれた右腕は目に見えるほど細く、小さくなっていて、本当に元に戻るのかと不安になるほどだ。ギプスがついていた頃から肩関節など負傷のない部分は意識的に動かして、筋肉が萎縮しないようにしていたが、肝心の前腕部がこの細さでは結局リハビリにはかなりの時間がかかりそうに思える。

「腕、動くの？」

と森に訊かれ、

「ん、一応」

と見せた動きは自分でもまるでロボットのようにぎこちなく、ナマケモノのように緩慢で森もしかめ面だった。もっとも、手首や肘のような関節を折ったわけではない。筋肉の委縮と関節の拘縮――要するに動かさずになまってしまった腕の機能を取り戻しさえすれば、骨はすでに繋がっているので理屈上は元通りの動きができるはずだ。リョウや森とはそんな話を笑いながらしている駆だが、琢磨とは会話にもなっていなかった。

入院中、一度も会いには来なかった。

深い理由はなかったのだと思う。あいつは合理主義だ。必要がないと思ったら来ない。他の部員が行けばいい、とか、自分はお見舞いなんてキャラじゃない、とか思っていそうだ。

それに話しかけづらいのは駆だけじゃない。

部に戻って目の当たりにした琢磨は確かになんというか――オーラに包まれているのだ。上手く言えないが、それはたとえるなら目の前にプロの選手がいるような――そのテの有名人が立っているだけでも垂れ流し続けている威圧感とでも言うか。

要するに、気圧《けお》される。

琢磨の雰囲気に、呑《の》まれそうになる。

琢磨がサーブを打つだけでコートがしんと静まり返るときさえある。

強くなっている、と思った。骨折していたときに校舎から琢磨がサーブを打つのを見たことがあったが、あのときよりも速い。コートで受けなくてもわかる。まだ強くなるのか。一年の頃を思うと、差は歴然だ。入部当初ですら天才と言われ、実力者ぞろいの先輩たちに混じって平然とボールを打っていたこいつを三年生として見据える今の一年が、少しだけ憐《あわ》れにも、羨ましくも思える。キラキラした目で琢磨のサーブを見ている一年が、こいつの背中を追っていずれはチームの中心になっていくのかと思うと頼もしくもある。そんな一年に話しかけられても、琢磨は淡々として必要最低限の言葉しか交わさないのだが。

最近の琢磨は誰ともあまり話さない。

まあしかし、やはり自分と話さないのは他とは少し理由が違うのかもしれないと駆は思う。

喧嘩《けんか》じゃない。というか、喧嘩だって今さらという感じだ。一年の頃から散々喧嘩しているし、周りも「ああ、またか」という感じで驚きもしない。琢磨と森が喧嘩したときの慌てようからするといっそ寂しいくらいだ。

それとは違う。だからたぶん、周囲も微妙に気を遣っていて、二年まで曲がりなりにもチームのダブルスを支えてきた凸凹コンビのことを、変にからかうこともできないらしい。

*

四月のインターハイ個人予選・シングルスで、駆は琢磨の真価を目の当たりにすることとなった。

シングルスは誰の試合を観《み》に行ってもよかったのだが、なんとなくというか、やはりというか、琢磨の試合をずっと観ていた。二週目の会場に山吹台の天本が来ていて、お互い勝ち進むと当たる。というか、当たることは確実視されていた。すでに周囲は私立の強豪校選手ばかりの中、公立出身の二人がマークされているのはちょっと小気味いい。

「ほんと今年の都立はバケモノぞろいだぜ」

同じ会場に来ていた森が呻《うめ》くように言う。

「山神、曲野、天本はセンスだけなら間違いなく東京で五本の指だからな。なんで全員公立なんだって感じだよ。山吹台はまあ不思議じゃねえけど、今思うとなんで曲野、藤ヶ丘入ったんだろうな」

「ホント今さらだな」

駆は笑う。あいつのことだ、大したことは考えちゃいねえだろ。理由を聞いたことがあるような気もするが、覚えてない。

「いずれにしても三人とも山吹台じゃなくてよかったな」

「まあそういう考え方もあるか」

森が頭をぽりぽりかいているうちに天本の試合が始まる。

相変わらず淡々と針の穴を通すようなコントロールで相手を振り回し、自分はのらりくらりとオープンスペースに決めていく。腹が立つくらいに冷静でブレない。これは琢磨でも苦戦するだろう。どちらも自分から強打していくタイプじゃないが、自分が主導権を握っていれば長いラリーも苦にしない天本と、展開がどうあれ長いラリーを嫌う琢磨では、どうしても琢磨から先に仕掛ける展開になる。先に攻める方は焦りが出やすい。そういう意味では琢磨の方が不利に思える。

天本には以前、涼が勝っているが、あのときの天本は復帰してからまだ数ヶ月だった。オフを越えてきた今、体力はアップしているだろうし山吹台で揉《も》まれているのなら技術的にも向上しているはず――それは目の前の試合を観ていてもやはりそう思うし、自分が戦うわけでもないのに身が引き締まるのを感じる。

一方の琢磨も淡々と勝ち上がっていた。私立の猛者相手だというのに格下のように蹴散らしていく。以前はロジャー・フェデラーやマルチナ・ヒンギスに喩《たと》えたりしていたのだが、もはやそれも違うのだと思った。あれは、曲野琢磨という選手だ。猛々《たけだけ》しいまでの攻撃的ネットプレー、そのアグレッシブさにそぐわない繊細優美なタッチ――観るものを惹《ひ》きつける。誰もが食い入るようにその一挙手一投足を見つめる。琢磨はソラ先輩や、サメ先輩にあったものを持っていないが、二人になかったものを持っている。山神とか……きっと天本も持っている。才能なんて言葉で片付けるのは容易《たやす》いが、正しくはないと思う。でもそれ以外に適当な言葉も見つからない。もう少し近い表現をするなら……自分には決して真似《まね》できない、届かないものには嫉妬すらできない、という感じ。

順当に勝ち進んだ琢磨と天本のカードは、午後の最後の一試合としてコートDに組み込まれることになった。

アップはどちらも静かにサーブを打っていた。フォアサイドから二本、バックサイドから二本。どちらも肩の具合を確かめるように、軽く流してベンチへ戻る。上手いやつほど、アップはボールの行方よりも体の調子を気にする。

琢磨の言いぶりでは、天本と直接やり合ったことはないようだが、お互いに名前は知っているのだろう。試合前のトスで何か言葉を交わしているように見えた。涼から聞いた話だと天本は意外とおしゃべりらしい。見た目通りに無愛想な琢磨とは微妙に違うタイプの選手だ。

「どっちか勝つかな」

と、誰かが言った。

「そりゃ琢磨だろ」

「だな」

森と声を揃えて答えてから、はっと振り返る。立っていたのは尾関《おぜき》だった。

「おまえ、試合は」

駆が訊《たず》ねると鼻を鳴らす。

「終わったから来てんだろ。負けたよ」

「相変わらずあっさり言いやがるな。最後のインターハイへの挑戦だってのに」

「怪我したやつに言われたくないね」

駆がぐっと言葉に詰まった隙に、ひょいと隣のスペースに割り込まれた。

「ちょうどこれからか」

味方の試合を観るわりに、あまり緊張感のない声だった。

「……おまえはどっちだと思ってるワケ？」

「なにが？」

「自分で訊いたんだダロ。どっちが勝つかって」

「ああ……どうだろうな。最近幸久《ゆきひさ》は調子良さそうだけど。十本やったら仁から三本は獲《と》るからな」

まじか。すげえな。

「……おまえ、あいつとやったら何個獲れる」

「負けるの前提かよ」

尾関は眉根にしわを寄せた。

「こないだは1－6だった」

憤慨はしても否定はしないのか。言外に勝ったことはないというニュアンスも聞き取れる。

「マジか」

「おまえこそ、曲野とやったらどうなんだ」

「今はわかんねえよ。前にやったときは5－7」

去年の都立戦前だ。その後、ガチンコでやり合ったことはない。

「ふーん。じゃあ幸久かもな」

尾関はつまらなそうに言った。どういう意味だよ、とツッコむ前に試合が始まる。

サーブ権は琢磨が取ったようだった。ボールを静かについている。見慣れているはずのルーティンだが、以前よりもなんだか落ち着いて見える。集中に沈む……そんな感じ。

どう攻めるのだろう。天本は極めてリターンのいい選手で、そうそうエースが獲れないことは琢磨もわかっているはずだ。自分ならストロークでガンガン押して走力勝負に持ち込む……それしかない。小細工は向こうの方が遙かに上手だし、ストローク以外で劣っているのは歴然だ。だが琢磨なら――技術巧者という意味では琢磨も名の知れた選手だ。タッチそのものは天本をもしのぐ。ラリーを長く続けたくない以上はネットプレーを主軸に戦うつもりだろうが、そんなことは天本だってわかっているだろう。サービスゲームはサーバーが圧倒的有利で、かつ琢磨は都内でも有数のビッグサーバーということを考えると、やはりサーブ&ボレーか。

ぽーん、とボールが上がった。

いつもより、トスが高い気がした。

ボールを待ち受ける琢磨の動きを遅く感じる。

力みのないリラックスしたフォーム。

けれど一度《ひとたび》動き出せば、目にもとまらぬスイングだった。

天本がぴくり、と反応した。

それだけだった。

ボールはすでに天本の背後のフェンスを激しく揺らしていた。

「15－0」

審判のコールに、天本は異議を唱えなかった。駆には見えなかった。だが天本には見えたらしい。見えたが反応はできなかった——微妙に悔しそうなその表情は、そんなふうに物語っているように見えた。

「……珍しいな」

尾関がぽつりとつぶやく。

「すっげ」

森が素直な感想をつぶやいている。

続く二球目。

再び炸裂《さくれつ》するファーストサーブ。

今度は天本が動いた。ワイドへ突き刺さるえげつない角度のフラットサーブに、伸ばしたラケットの面だけで綺麗にロブを上げる。

「ありえねえ」

森がぼやいた。

触るだけでもすごいが、あの一瞬のタッチのみでコントロールまでしているのだとしたら確かに驚異的だ。

かなり深いロブだった。駆なら一度落として、グランドスマッシュかフォアハンドを選択するところだ。あれだけのサーブを打って、ここまで完璧に拾われるとそれだけでも精神的にクる。ダイレクトで打ってミスをすれば目も当てられない。

琢磨は下がらなかった。

ラケットを振りかぶる。

まるでもう一度サーブを打つみたいに——天本の上げたロブがトスであるかのように、迷わずぶっ叩《たた》いた。

「30-0」

「まじか」

天本のぼやきが駆の耳にも届いた。ポイントが決まったにもかかわらず、それくらいコートはしんと静まり返り、あの天本幸久がわずか二本のサーブで圧倒されるという異様な光景に誰もが見入っているようだった。まだファーストゲームだぞ、と誰かがつぶやく。確かに。流れが来ていると断じるにはあまりに短い時間しか経過していない。にもかかわらず、間違いなく今押しているのは曲野琢磨の方だと、誰もが感じているのが駆にもわかった。

三球目。

センターへのフラットサーブは完全にオンラインだった。またしてもサービスエース。

四球目はやっとセカンドサービスになったが、ほとんどファーストなんじゃないかという勢いで曲がるスライスサーブに天本が食いついた瞬間、琢磨はすでにネットに詰めていてそれで勝負は決した。お手本のようなサーブ&ボレーに天本はラケットと左手を合わせ小さく拍手を送る。

あっという間の一ゲームだった。二人がサイドをチェンジする。

「珍しいな、幸久がリターンでラブゲームは」

尾関がまたつぶやいた。

「どっち十分おかしい」

と、森。こっちには全面的に同意だ。ほんと、なんなんだ今年の都立は。

天本もサービスゲームは譲らずキープし合う展開になったが、それでもゲームは終始琢磨が流れを支配していた。サービスゲームの内容が違い過ぎる。ほとんどラブゲームでかっさらっていく琢磨に対し、天本は琢磨にリターンから攻め込まれて苦戦する場面が目立っている。それでも落とさないあたりはさすがの一言だが、試合前の予想とは異なり天本が一方的に押し込まれる展開は本人にとっても予想外だったのだろう、あまり感情を露《あら》わにしない彼が珍しく苦悶《くもん》の表情を浮かべている。

似たような試合を駆は知っている。

他でもない自分が戦ったのだ。よく覚えている。

琢磨がスランプを脱した去年の夏の試合だ。

あのときも、途中から琢磨のサーブが鬼のように速くなった。リターンがハーフボレーみたいなタイミングで返ってきて、あらゆるボールでネットを取られた。跳ねないドロップショットに、キレッキレのスライス。すべてのショットの精度が、神懸かっていた。

あのときの琢磨は、凄まじく集中していた。ああ見えてムラっ気が強い選手だ、ここぞというときに完璧な集中を見せることができないのは本人も認めている。実際、去年の都立戦でも大事な試合ほど集中できずに悔しい思いをしていた。緊張とか、プレッシャーとはどちらかといえば無縁だが、それは自分一人の戦いに限った話なのかもしれない。チームを背負って戦うことに慣れていない琢磨は、そういう状況で集中力を欠く。

だけど今日は——きちんと、ここぞで最高のプレーができるように、集中のピークを持ってきたのだろう。

これがオフの成果なのか。

これが曲野琢磨という選手の完成形なのか。

「やっべえな」

置いていかれた、という強烈な感覚。

そして同時に湧き起こる、奮い立つような闘争心。

「森」

トスを上げる琢磨の背中を見つめながら、駆は隣のチームメイトにぽつりとこぼす。

「ん？」

首を傾《かし》げる森に向かって、牙を剝《む》くように笑う。

「やっぱオレ、戻ってきてよかったわ」

森が一瞬目を見開いた。

「あれ見てそう思うのかよ。変態だな、おまえも」

言葉のわりにニヤニヤしていた。たぶん駆も、ニヤニヤしていた。

曲野（藤ヶ丘高校）VS天本（山吹台高校）
6－3

1-1

凹

「あれ、ぼっち先輩。美術だったんですか？」

四階の廊下に昼休みのチャイムが鳴り響いている。突然背後から声をかけられたと思ったら、青山だった。そういうあっちは音楽室の方から歩いてきたので音楽だったらしい。芸術科目の教室は概ね四階に固まっている。

「その呼び方やめろよ」

「えー、じゃあのっぽ先輩」

「名前で」

「たく先輩」

「馴れ馴れしい」

「いいじゃないですか、かわいくて」

にこにこしているが、目には悪戯《いたずら》好きそうな光がチロチロと踊っている。琢磨はため息をついた。

もう五月になる。仮入部期間が終わりに近づき、多くの新入生が何かしらの部活に入部するこの時期、青山も結局テニス部への本入部を決めた——ということは女子部から流れてきた風の噂に聞いた。

「ほんとにテニスやるのか?」

彼女はテニス完全初心者で、こう言ってはなんだがあまり体育会系気質でもないように見える。

「先輩が誘ったんじゃないですかあ」

「決めるのは自分だよ」

三階へ下りようとすると、青山がついてくる。

「青山、四階だろ」

一年の教室は四階にある。三年の琢磨は二階まで下りる。

「このまま購買行くんですよー」

確かに購買は一階だが……教室にも戻らず一人で行くのか。そういえば部内でも他の一年女子と話しているところはあまり見かけない。どちらかといえば、琢磨にからんでくることの方が多い。

「……ちゃんと友だちいるのか？」

青山が頰を膨らませた。

「やだ、ぼっち先輩と一緒にしないでくださいよ。ちゃんとお昼食べる子くらいいますよ」

「ならいいけど」

「人のこと言ってる場合なんですかねー」

ちょうど踊り場を曲がったところだった。振り返ると、一段上ったところで青山が立ち止まっている。目からは、先ほどの光は消えていた。踊り場の窓から差し込む光の加減だろうか——心なしか、心配そうな表情にも見えた。

「曲野先輩は、進藤先輩と仲悪いんですか？」

「なんで？」

琢磨はごく自然に問い返す。

「そういうふうに見えます」

「別に悪くないよ」

そう思う。特別いいってわけでも、ないが。

「でも進藤先輩ってずっと怪我してて、戻ってきたんですよね。リハビリとか頑張ってますよね。曲野先輩、進藤先輩とダブルス組んでるんですよね。何か声とか、かけてあげるべきなんじゃないですか？」

間延びした口調が引っ込んでいる。

意外と世話好きなのかもしれないと思った。というか、よく見ている。そして、よく知っている。誰に訊いているのだろう。二年後は、この子が部長になったりするのかもしれないな、と思う。

顔が笑っていたらしい、青山が憤慨したように顔をしかめていた。

「なにがおかしいんですか」

「いや、ごめん」

口を開いた瞬間、さらに笑ってしまったのが自分でもわかったが、止められないものはしょうがない。

「アタシが人を気遣うのがそんなに意外ですか」

自覚はあったらしい。

「まあ、意外だけど。悪いって言ってるわけじゃないから」

琢磨は言った。

「話逸《そ》らさないでくださいー」

わざとらしく間延びした口調に戻って、青山がぶうたれた。

「別にそんなんじゃない」

琢磨は答える。

「喧嘩してるわけじゃないし。必要があればしゃべるよ」

「先輩、おしゃべりって、基本的に必要がないことを話すもんですよ？」

呆れたように言う青山が、正しいのだと思った。自分と駆の今の会話は文字通り事務会話程度で、それは世間一般で言うところの〝おしゃべり〟からは程遠い。

「なんていうかな……まだ戻ってきてないって、思ってるからかもしれない」

今度は青山がきょとんとした。琢磨は踊り場に差し込む春の日差しを見上げる。いや、もう春の日差しと呼ぶにはやや強過ぎるか。初夏にさしかかった光が、じわじわと肌を焼いているのをぼんやり感じながら、琢磨は言った。

「あいつがコートに戻ってこないと、本当に戻ってきた感じがしないんだよ」

そこにいないやつと、おしゃべりをするのは難しい。

＊

駆が怪我をしたのは二学期ももう終わろうかという頃だった。とても風の強い日だったのを覚えている。保健医の安浦《やすうら》の車で病院へ運ばれた、ということを青い顔をした宙見が知らせてきた。その日、取り換える予定だった新品のポールがフェンスに立てかけてあったのだが、それが倒れてきたらしい。宙見の言いようでは、宙見がフェンスにぶつかった衝撃で自分の方に向かって倒れてきたポールを、駆が庇う形で腕を痛めたらしかった。呼ばれた安浦は一目見て「骨折だな」と言ったそうだ。

右腕。前腕。

青い顔の、目の周りだけを真っ赤にして自分のせいだ自分のせいだと喚き続ける宙見を河原が引っ叩《ぱた》いて黙らせ——文字通り引っ叩いた——ポールはひとまず男子部で問題なく交換し、古いものはまた事故が起きないように、と横向きにして地面に寝かせた。

しばらくして落ち着いた宙見や一年から、もう少し当時の詳しい状況を聞いた。ポールは昼休みに一年が森から頼まれてコートへ運んだらしい。フェンスに立てかけておいたのは、その方が交換しやすいだろうと思ったからだそうだ。実際に運んだという村上《むらかみ》や石川《いしかわ》が、泣きっ面の宙見と怖い顔の顧問を交互に見ながら途方に暮れた顔で説明していた。普通寝かせて置くだろう、というのを事故が起きてから言ってもしょうがない。言わなかった森や気づかなかった周囲、危機感の足りなかった駆自身にも責任のあることだ。その後病院の安浦から連絡があり、駆の怪我が尺骨骨折であることを知った。

詳しいことは、後日病院へ三々五々にお見舞いへ行った部員たちから聞いた。全治三ヶ月。リハビリにおよそ三ヶ月。完全復帰まで、推定半年。しかし完全復帰と言っても、体が怪我する前の状態に戻るだけだ。テニスのリハビリには、また別の時間が必要になる。

六月に復帰したとして、都立戦までおよそ一ヶ月強。三年にとってはラストチャンスとなるインターハイへの挑戦も当然断たれる。病院へ行った宙見の反応が沈んでいたところを見ると、駆の方もショックは大きかったのだろう。リョウや森の話では「なんだか目が死んでいる」とのことだった。

いつでもギラギラとして、どんなにこっぴどく負けてもへこたれることを知らないあいつの目が、死ぬのか。

そんなばかな。

怪我くらいで萎《しぼ》む程度の情熱だったなら、あいつのこの二年間の驚異的な成長はあり得ない。

もっとも身近にその熱を肌で感じてきたからこそ信じられなかった。だから病院へお見舞いへ行くこともしなかった。できなかった、というのならそれは半分正しい。それでも確かに、妙に確信はあったのだ。あいつはどうあれ、戻ってくるだろう、という。

冬の間、自分にできることを考えていた。

考えていると、ただでさえ無口なのがますますだんまりになる。テニスをしながらでも考え事はできる。テニスをしているときだけ、脳味噌《のうみそ》が二つあるかのように感じる。もやもやと考え続けているのに、プレーには以前よりも集中できていた。以前よりもテニスを近くに感じるようになった。そうすると自《おの》ずと、自分にできること、自分がやるべきこともわかった気がした。

練習メニューを考えるのは本来部長である駆の役目だ。駆が不在なら、それは副部長の森の役目だ。だが、琢磨は森に言って自らその役割を引き受けた。テニスしか能がない自分の役目は、勝つこともそうだが、このチームで誰よりもテニスについて考え続け、誰よりもテニスに近くあることだと思った。

三学期が過ぎるにつれ、駆が戻ってこないかもしれない、ということをチラホラ耳にした。リョウ、森、嵐山、藤村に河原——みんな駆と話をして、それぞれに言葉は違えど戻ってこい、待っているということを言ったようだった。琢磨は言わなかった。何も言わなかった。言う必要はないはずだった。だから淡々と、自分にできることをただ黙々とやり続けた。それは冷たかったかもしれない。思いやりに欠けたかもしれない。でもこんなときばかり優しい言葉をかけたって、あっちだって気持ち悪いだろう、きっと。

マラソンと同じだ。

仮に俺とあいつが同じマラソンで走っていたとして、あいつが怪我をして途中で立ち止まっても、それを止まって待ってやるようなことを俺はしない。優しく声をかけたり、手を差し伸べたりなんて。仁もしない。天本もしないだろう。俺たちは走り続ける。振り向かず先へ進む。それでたとえどんなに差が開いても、あいつがもう追いついてこない、なんて安心することができないのを俺たちは知っている。振り向きたくなるとしたら、差がついて安心するからじゃない。今にも足音がして、追いついてきやしないかと警戒しているからだ。

春になってすっかり細くなった右腕とともに戻ってきた駆は、まだ走り始めたばかりだ。琢磨は遙か先を走っていて、振り向いても駆の姿はまだどこにも見えない。それでも、確かに足音は聞こえる気がする。遙か後方《かなた》からものすごいスピードで追い上げ始めた、テニス馬鹿の全力疾走。それはきっと仁にも聞こえている。天本にも聞こえている。リョウにも、森にも――きっと宙見にも。

あいつがコートへ戻ってくる日は、横に並んで走る日だ。

だからその日まで、本当の意味でテニス部に戻ってきているとは言えない。

＊

空気が重い。

試合のときはいつだって重い。

他人からすれば素通りできるようなその空間も、選手にとっては一歩一歩が泥沼に足を突っ込んでいるみたいに重たい。

ゴールデンウィークは、インターハイ個人戦を勝ち進んでいる琢磨にとってちっともゴールデンではなかった。

東京は学校の数が多い分、インターハイへの道も狭き門だ。強豪も多い。シングルスのいわゆる〝本戦〟――夏の高校総体に出場できる選手は全国から選《よ》りすぐりの百二十八人、そのうち東京の枠は毎年五人程度だ。予選となる東京都高等学校テニス選手権大会の上位選手が、その数枚の切符を争って毎年しのぎを削る。大半は私立が埋める中、公立出身の選手は微妙に肩身が狭い。

一年のときは出場できなかったし、二年のときは五月にはすでに敗退していた。

今年は勝ち残っている。去年、サメ先輩はここまでいった。仁はさらに先へいき、インターハイ本戦に出た。今年も仁はここまできている。他には松耀《しょうよう》の仙石《せんごく》や、私立の名だたる猛者が顔を揃えている。藤ヶ丘で勝ち進んでいるのはすでに琢磨だけだった。嵐山とのダブルスはまだまだ課題が多く、予選序盤で敢《あ》え無く敗退している。

団体戦の予選もぼちぼち始まる時期だ。練習すべきことはたくさんあるだろう。だから応援には来なくていいと言ったが、今日も会場には藤ヶ丘の面々が雁首《がんくび》を揃えていた。駆の姿もある。おまえはむしろ、一番やらなきゃいけないことが多いだろうが。

「まあ、いいじゃんよ。おまえは藤ヶ丘の星だからな」

森がニヤニヤして言う。

「最後の年だしな。一人くらいインハイいってもらわないと」

リョウもニヤニヤして言う。ダブルスを組むようになってから、どうにもニヤニヤ顔が似てきた二人だ。

「まだまだ遠いけどな」

琢磨はぼやく。

最後の年、か。

確かに。これがインターハイ、最後の挑戦だ。

あまり意識していなかった。都立戦のことばかり、考えていて。

でもそうか。勝ち上がれば、八月のインターハイ本戦に出られる。都立戦が引退試合とは限らないのだなと思う。

なぜこんなにも、都立戦にこだわっているのか、自分でもよくわからなかった。インターハイの方が遙かにデカい大会だ。強い選手だって多い。今年の都立はレベルが高くて、仁や天本レベルの選手は全国にだってそうはいないだろうが、それでもインターハイまでいけば東京以外の猛者たちが待ち受けているのだ。強い相手と戦えることは楽しみだし、どこまで自分がいけるのか興味だってある。

でも、それがわかっても気持ちは都立戦を最後だと思っている。

なんでだろうな。よくわからん。

珍しく試合前にもやもやと雑念が渦巻いている。

だが、この先は集中せずに勝てる相手は一人だっていない。

ここまでくると対戦相手もだいたい名前は知っている。ウインドブレーカーの名前はどれも一度は耳にしたことのある強豪校ばかりだ。準決勝までいかないと仁と当たらないことは知っていた。しかしそこにたどり着くまでに、仁より強いかもしれない選手と当たり続けることになる。

相手にとっては、自分も警戒すべき選手なのだろうか。少しは、恐れられているのだろうか。

天本との試合は、自分でも過去最高に近いプレーができていた。あのレベルのプレーができれば、仁にだって勝てる。インターハイだっていけると思う。だが常にベストプレーができるのなら、世界ランク一位の選手が百位の選手に負ける道理はない。

琢磨の相手は仙石だった。松耀高校二年。新設二年目の学校で、まだ三年生がいない。仙石は去年から目立つ選手だった。一年しかいないチームで都立戦決勝へ勝ち進んだ強烈な存在感を放つチーム、その中でも山吹台の山神仁と対等に渡り合ったその才能は当然私立勢からもマークされている。

シングルスで戦ったことはないが、プレースタイルは知っている。はっきり言って苦手なタイプだ。仁や駆に肩を並べるであろうパワーショットを軸に、タッパを活《い》かした角度のあるサーブと似合わない繊細なタッチ。得意とする武器を持ちつつやれることは幅広いオールラウンダー。フォアを打つときの異様に厚いグリップは琢磨と正反対で、球質もほぼ対極だ。向こうにとっては琢磨もやりづらいのかもしれないが、そういう感情を表に出さない強さもある。

いい意味で、仮想〝仁〟だ。

コイツに勝てなきゃ、仁には勝てない。

イヤホンを耳に突っ込み直す。

最近、試合前にクラシックを聴くようにしている。音楽は大してわからない。ただ、集中力が上がるらしいと聞いたので聴いているだけだ。この前天本と試合する直前に聴いたのはボレロだった。なんとなく今日もそれを流す。演奏時間はおよそ十五分。集中するのにいい時間だ。

「……曲野さん、なんか雰囲気変わりましたね」

試合前に、仙石の方から話しかけてきたので驚いた。こいつ、しゃべるのか。想像通りの低い声は、そういえば去年一度だけ聞いたことがあったか。ここ一年の大会で何度か同じ会場になったことがあるが、一言だって発さないのでしゃべるのが嫌いなんだろうと勝手に思っていた。そういうタイプは、往々にして試合前に誰かに話しかけたりしない。自分がそうであるように。

「変わったって？」

「昔は唯我独尊って感じだったのに、今は落ち着いたというか。中学の頃はもっとイライラしてラケット投げたりしてたじゃないですか」

ああ。

よく言われるやつだ。

こいつも昔の俺を知っている。昔の俺と、今の俺を両方知っている。

「角が取れたんだよ」

真顔で言うと、仙石は目を細めた。

「藤ヶ丘、よっぽど厳しい先輩でもいたんですか？」

琢磨は首を傾げる。意味がよくわからなかった。

「いや、そういうのやめろって怒られたのかなって。俺は別にいいと思うんですけどね。曲野さん、正直昔よりもギラギラしてないですよ。凄《すご》みがなくなりました。角が取れるっていうか、色々抑圧されちゃったんじゃないですか」

真面目なやつかと思っていたが、意外とねちっこい言い方をする。同じ松耀の川島《かわしま》と少し似ている。ダブルスを組んでいるうちに悪い意味で感化されたのだろうか。

「曲野さんもあと一年遅ければ、ウチにくればよかったんですよ」

「松耀？」

仙石は鷹揚《おうよう》にうなずいた。

「先輩後輩とか、そういうくだらないものは何もない。うちは実力主義ですから。練習相手も強いやつしかいないし、鍛えられますよ。本当にテニスができるやつしか、いない」

琢磨は肩をすくめた。

「本当にテニスができるやつしか、テニスをやっちゃいけないみたいな言い方だな」

仙石がわずかに眉をひそめた。

「曲野さんも昔は、そう思ってたでしょう？」

「否定はしない。でも今は、そうは思わない」

フェンスの外に、チームメイトの顔が見える。松耀の部員は、一人も見当たらない。

「俺は藤ヶ丘に入ってよかったよ。おかげで強くなれた」

仙石はぴくりと眉を動かしたが、それ以上荒立てるつもりはないようで「生意気言ってすみません」と素直に引き下がった。


「静かだな」

コートの外で誰かが言った。

仙石はやはり試合中は声をあげない。琢磨もよほど競ったり昂《たかぶ》らない限り声をあげることはしない。淡々とボールを打ち合い、ガッツポーズもしない。たまにネットインするボールに対してだけ互いに小さく「すみません」と声をかける。

確かに静かかもしれない。

だがその静けさは見せかけだ。

コートの中には互いの闘志が充満している。五月晴れの日差しと同じくらい、ちくちくと肌を刺す。天本とやったときもそうだった。強い相手と戦っていると実感する。自分のいる場所は、まだまだ頂上からは程遠いことを突き付けられる。

インハイで勝ち続けるというのはなんと難しいのだろう。三年目になってしみじみ思う。高校生になったからなのか。みんな急に大人びる。考えるようになる。成長する。伸びるのは身長や技術だけではない。テニスというスポーツの奥深さ、戦略性、おもしろさと難しさ……自分はまだテニスの半分も知らなかったのだと気づかされる。一割も理解していなかったのだと思い知らされる。

それが苦しくもあり、おもしろくもある。

選手が無言でも、ボールは雄弁に語る。

テニスほど性格の出やすいスポーツはないと琢磨は思う。短気なやつは気長にプレーができないからバコラーになるし、慎重なやつはミスを嫌ってネットプレーを避けがちだ。大胆なやつはセカンドサーブでも強気にコーナーを狙っていき、神経質なやつはポイントが決まることよりも自分の思い通りのプレーができているかどうかを気にする。

一試合やれば、だいたいの人となりがわかる。

話すよりも、よっぽど簡単だ。

仁が威風堂々、駆が猪突猛進《ちょとつもうしん》だとすれば、こいつは泰然自若とでも言うか。巌《いわお》のようながっしりとした体軀《たいく》から連想される通りの、堅固で冷徹なメンタリティ。ブレないテニスと、集中力。バコラーは大概ムラっ気があるものだが、こいつにはそれも少ない。安定した実力は、去年一年の実績が証明している。挑発だか厭味《いやみ》だかわからない、試合前のやりとりが嘘《うそ》のように誠実なテニスをする。

だが、それでもこいつはまだ二年だ。山吹台の栗原《くりはら》やうちの嵐山と同じ代。三年になると、やはりこのあたりは意地か。後輩には負けたくない。一年、二年には負けたくないと思う。年齢じゃないことはわかっている。経験年数でないことも知っている。だから、これは意地だ。年下には負けたくない、という。シンプルで、つまらない意地。

琢磨はサーブを打つ。渾身《こんしん》のフラットがセンターをぶち抜くが、仙石は反応している。だがさすがに天本ほどコントロールがいいわけでもない。返ってきたボールは甘く浮き、琢磨は難なくそれをボレーで決めていく。

負けじと仙石も強烈なサーブを叩き込んでくる。去年はまだまだプレースメントに甘さと雑さがあったが、今年はだいぶいいところへ入るようになった。たまにコーナーに入ったボールは手がつけられない。

それでも、こいつはまだまだ発展途上だ。

まだ、甘い。

三年《俺ら》に勝つのは、一年早い。

仁のサーブは、もっと重たい。

駆のフォアは、もっと鋭い。

琢磨はブロックリターンを返していく。仙石のサーブが速いほど、カウンターですぱっと決まる。身動きもさせるものか。テニスはサーバー有利だ。だが、リターン力がサーブ力を完全に上回ればそれも成立しない。サーブだけが上手いやつは、サーブもリターンも上手いやつには勝てない。サーブとリターンが上手くても、サーブとリターンとフォアの上手いやつには勝てない。琢磨はこの三年間、自分に足りないものを足し続けてきた。仙石はまだ二年目だ。高校に入ってからの一年の差は、きっととてつもなくでかい。

ゲームカウントが5－3になったところで、仙石が初めて声を荒らげてフェンスを叩いた。おまえも悔しがるのか。それはそうか。負けるのは悔しい。誰だって悔しい。

俺もその気持ちを知っている。

とてもよく知っている。

だが、そのおかげでここまでこられた。

その苦味を、ともに分かち合うチームメイトに恵まれた。

松耀に入ってしまったことは、仙石にとって不幸だったかもしれない。松耀の練習環境は知らないが、最初から強いメンバーに囲まれて、誰に指導を受けるでもなく、部の伝統もルールもなく、すべてを一から作り上げてここまできたおまえは確かに強い。

でも、もしおまえの上にサメ先輩やソラ先輩のような上級生がいたら、きっともっと違った道を教えてくれた。

こんなテニスもあるのだと、世界を広げてくれたはずだ。

エースに限らず、後輩は先輩の背中を見て育つ。学ぶものはテニスだけじゃないのだと琢磨は知っている。

ああ、そうか。

試合前の疑問に、ふっと答えが出た。

俺が都立戦にこだわるのは、あそこが始まりだったからだ。

入部したのは四月だった。だけど本当の意味で部員になれたのは、きっと一年の、七月の、山吹台のあのコートの上でだった。だからたとえこれで勝ち上がってインターハイ出場を決めたとしても、俺の、藤ヶ丘高校硬式庭球部としてのテニスは今年の七月で終わる。始まりも終わりも、あのコートの上にしかない。去年、一昨年《おととし》の三年生がすべてを出し切った場所で、自分も終わる。

そうだ。

三年になった。

いつのまにか、最上級生になった。

この三年間、駆ほど背は伸びなかった。技術は上がっただろうか。相変わらず人付き合いは苦手だ。青春の思い出なんて呼べるほど、高校生活を満喫している気もしない。思い起こせばテニスの記憶しかない。いつだってテニス、テニス、テニス――。

琢磨はサーブを打つ。

高校生になってから、いったい何球サーブを打っただろう。

高校生の間に、あと何球サーブを打てるのだろう。

終わりが近いのだとふいに感じた瞬間、無性に試合を終わらせたくなくなった。

それでも手は勝手に動き、浮いたボールに綺麗にスマッシュを決めていった。

「40－0」

マッチポイント。

仙石が苦しげな表情で睨《にら》んでいる。

おまえには来年もあるのか、と思うと羨ましくて仕方がなくて――せめてその目に自分というテニスプレーヤーを深く深く刻み込むように、琢磨は目の前の一球に全身全霊を打ち込んだ。

曲野（藤ヶ丘高校）VS仙石（松耀高校）

6-3

＊

五月中旬から始まるインターハイ団体戦はダブルス一本、シングルス二本、単複重複不可。今年は新海・森ペアがダブルスに出場し、シングルスは琢磨と嵐山が出場する。

進藤駆を欠いた藤ヶ丘高校硬式庭球部は、一回り小さくなってしまったかのように心もとなかった。チームメイトとしてだけでなく、選手としての存在もそれだけ大きくなっていたのだということを実感しつつ、いない人間を当てにしても仕方ないと腹をくくる。

単複重複不可の場合、シングルスでの勝率が高い選手は基本的にシングルスに出ることが多い。藤ヶ丘も例に漏れず、今回のオーダーは琢磨をS１に置いている。琢磨がシングルスに出れば当然ダブルスはリョウと森のペアになるが、彼らは琢磨と嵐山のペアに対し五分の勝率を持っているので、決してD1として力不足ということもない。結果的にはその方が、戦力が分散しなくて勝率がいいという判断だ。

五月に入ってから、二年が一年に応援の仕方等を教えているのを見かけるようになった。インターハイ団体戦は多くの一年にとって本入部後初の公式戦で、試合での仕事や準備等を先輩から教えられる。部の伝統を煩わしく思った時期もあったが、大事なのは先輩から後輩へ、教えるという行為そのものなのだと今は思う。先輩から後輩へ、現場で、言葉と身振り手振りで、実際の手本を見て学ぶ。きっとそれが大事だ。

それは一年に直接指導をする二年だけじゃなく、コートの上に立つ三年にとっても、他人事じゃない話だ。

「実感ねえよな」

村上や石川が一年に指導する姿を眺めていた森がぽつりとこぼした。

「なにが」

「最上級生っていう実感」

「ああ。ないな」

一ヶ月経《た》っても、二ヶ月経っても、そんな実感は一向に湧いてこない。

「けど、三年なんだよな」

「そうだな」

答えつつ、琢磨は森の顔を見た。

「なにしみじみしてんだよ」

「いや……早《はえ》えなと思って」

「三年間？」

「入部した頃によくソラ先輩とかに言われてたろ。三年なんかあっちゅーまだぞーって」

「言われたな」

──三年ってのは短いよ。

引退するときにも、そんなふうに言っていた。

──あっという間だ。ついこないだ入部したと思ったら、いつのまにか部長になってて、気づいたらもう引退しちまってる。俺、いつ三回も夏を通り過ぎたんだよって。

「……まだ一回目の夏が終わった気すらしないのにな」

「そうか？」

ソラ先輩の言葉を引用した独り言だったが、森は返答だと思ったらしい。しばし首をひねってから、何かに納得したように目を眇《すが》めた。

「……そうかもな」

しかし季節は確実に三度目の夏を迎えようとしている。

団体戦もそうだが、シングルス個人戦を勝ち上がっている琢磨にとっては目下、八月のインターハイ出場を賭けた総体予選準々決勝以降の戦いの方が重要だった。準決勝進出でインハイいきが決まる。準々決勝敗退でも、同じラウンドの敗者同士で総当たり戦を行い、勝った者はインターハイにいける。だが、東京の頂点にも立てない者が全国の頂点には立てない。だから結局、全員てっぺんを目指している。

仁とは準決勝まで当たらない。だからインターハイ出場を決めなければ、仁とは戦えない。

準々決勝からは三セットマッチになる。これが琢磨にとっては未知だ。三セットマッチは経験がない。体力がついたとはいえ、フルセットになれば単純計算でも従来の三倍の運動量と消耗になる。正直自信はない。そして準々決勝で当たるのは、団体戦でもインターハイ常連、東京を代表する私立の強豪校・峡成《きょうせい》だった。対戦相手の松《まつ》田《だ》祐樹《ゆうき》は来年は峡成を背負って立つだろうと言われている、中高一貫の強豪校で五年間みっちり鍛えられたスーパーエリート。栗原、仙石、嵐山といった現二年生世代では間違いなく——三年や一年を混ぜたとしても、確実にトップグループに数えられる逸材である。直《じか》にプレーを見たことはないが、あの峡成で、二年で、ここまできているというだけでステータスは十分だ。今まで当たった選手の中でも、間違いなく最強だろう。

＊

準々決勝の会場は件《くだん》の峡成になった。綺麗なコートがあるので公式戦ではしょっちゅう会場になる。琢磨も幾度となく訪れているが、記憶に鮮明なのは一昨年の新人戦だ。あれからもう一年以上が過ぎたのか……。

会場入りするとすぐに仁と出くわした。いつもならニカッとして向こうから声をかけてくるのに、今日は黙ってコクとうなずいただけだった。珍しいな。ピリピリしてるのか？　都立戦でもそんな顔は見たことがない。

受付の近くに松田の姿を見つける。思っていたよりもずっと小柄で——そして、中学生みたいな顔をしている。短い髪の毛がツンツンと突っ立って、どちらかというとサッカー部のような様相だが、童顔のせいでまるっきり迫力がない。会場がホームなので、周囲にはチームメイトの姿も多く、和やかな雰囲気だった。準決勝には峡成の選手が三人勝ち進んでいて、松田はその中で二番手らしいが、とてもそんなふうには見えない。ちなみに峡成三番手の小泉《こいずみ》と当たるのが仁だ。峡成一番手の大河原《おおかわら》の姿はまだ見当たらない。

受付を済ましてからコートの近くで座り込み、イヤホンを耳に突っ込んで柔軟を始める。怪我をしやすいのは体がかたいからだと言われたことがある。事実故障しやすい琢磨は部内でもトップクラスに体がかたく、長座体前屈をやらせると顔が膝にくっつく森はこの三年まったく怪我をしていない。タッチのやわらかさと体の柔軟性は必ずしも比例しないのである。

一年の夏に手首を壊してから、柔軟は重点的に取り組んできた。そのおかげかはわからないが、ここ一年は怪我らしい怪我はしていない。

万全の状態で、この場所に立っていること。

ひょっとしたら奇跡みたいなものかもしれない。

接触がないくせ、テニスは故障の多いスポーツだ。

ソラ先輩も、最後の年は怪我でインターハイ団体戦には出られなかった。思えばそれで、ダブルスの座を譲ってもらったんだったな。あれがもう二年も前の話だなんて、信じられない。

　俺は幸運に恵まれたのだ。

　その幸運を嚙《か》みしめて、コートに立ちたい。

　ちょうどイヤホンから流れ出る曲が途切れたところだった。

「よっ。次勝ったらインハイだってな」

　声がして、ソラ先輩の声に似ているなと思いながら振り向くと、本当にソラ先輩だったので琢磨は目を瞬いた。

　耳元でスネアドラムとフルートの音がし始めたのでイヤホンを外そうとすると、

「いいよ」とソラ先輩がそれを手で制した。

　あっちで見てる、と指差す。その先にはサメ先輩の姿があった。狗飼《いぬかい》先輩や、獅子《しし》田《だ》先輩、西《にし》先輩、手嶋《てしま》先輩……いつのまに陣取ったのか、リョウや、森や、駆や、二年、一年、それから女子部の姿があった。

　リョウと森が琢磨の視線に気がついて、ニヤッとしながら何かを広げた。ばかみたいにでかい横断幕に「インターハイまであと一本!」と汚い字が書かれている。誰の字だ。見覚えのある〝ミミズ感〟からすると駆かもしれない。

「頑張れよ」

ソラ先輩の声がイヤホン越しに聞こえた。

頭をくしゃくしゃっとかき回される。久々だな、この感覚。

応援団の方に歩いていくその背中を見つめながら、琢磨はイヤホンを外した。流れているのはボレロだったが、今日はもうこれがなくても集中できそうだ。

序盤から、フルスロットルでいくと決めていた。

これに勝ったらインハイだから、先輩たちが見ているから、相手が強敵だから——理由は色々あって、そのすべてが琢磨の気持ちを加速させる。勝ちたい。勝ちたい。勝ちたい！　全身を血が巡るように、闘志が体の隅々まで充満して細胞という細胞が声高に叫ぶ。猛る。滾《たぎ》る。体中の汗腺という汗腺から汗とともにエネルギーが立ち昇り、体を包み込んでいるかのように感じる。何かに操られるように、何かに駆られるように、琢磨はトスを上げる。初夏の空高く上げたボールを、気持ちのすべてを込めるように勢いよくラケットで打ち出す。

ラケットの芯と、ボールの芯が嚙み合った手応えがあった。心地よく腕を抜けていく打感にエースを確信する——いや、松田の動き出しも早い。ちょこまかと動き、はきはきとしゃべり、楽しそうにボールを打つやつ——そんなふうに仁が評していたのを思い出す。動きが機敏で、ボールを追う目はキラキラしている。ショットは全体的にバランスが良く、得意なのはおそらくフォア。プレースタイル的には天本と仁を足して二で割った感じで、つまりリョウに似ている。が、リョウよりも相当強い。しっかりと返ってきたリターンに、ひしひしと感じる。

肌がひりつく感じ。

初夏の日差しとは関係なく、肌を焦がすような威圧感。

敗北という名の死神がいつもよりずっとそばに立っている感覚。

負けられない。

琢磨はほんのわずか浅い松田のリターンを強打で叩き返す。そのまま前へ。ネットを取る。ストロークでゴリゴリ攻める駆や仁とは違うタイプだが、結局自分が得意とするのも攻めのテニスだ。待つのは性に合わない。耐えるのも、我慢するのも違う。ネットプレーヤーというやつは大概短気だ。チンタラぬるいラリーをするのが嫌いな人間がバコラーになるというのなら、そのバコバコ打ち合うラリーすらもぬるいと感じるのがネットプレーヤーだ。相手が、自分の打ったボールに触れることすら許したくない。相手が追いついて、触れるボールなどぬるい。相手が完全に触れない、ノータッチで決まるポイントこそ至高だ。

鋭く角度をつけたストロークは、けれど松田がつき出したラケットの先端に当たった。琢磨は舌を巻く。フットワークの軽さと、単純な足の速さ。反応の良さ。コートカバーリング能力の高さは天本をも凌駕《りょうが》する。今日は相当拾われるな、と直感した。普段決まるボールで決まらないというのは、琢磨のように自らポイントを獲りにいくタイプの選手にとってかなりのストレスだ。

こらえろ、

ふわりと浮いた松田のボールを、今度こそ触らせずにハイボレーで叩き込んだ。一ポイント目からコートの外が沸いた。ギャラリーが多いのは藤ケ丘も峡成も一緒だった。

「ナイスボレー曲野！」

先輩の声が聞こえると、なんだか突然自分が一年生に戻ったかのように感じてしまう。心強くもあり、どことなく弱くなった感じもする。

「15－0」

松田はガットの張り具合を確かめるように数度ポンポンとフェイスを叩き、それからぴょんぴょんとその場でステップを刻んだ。まだまだ本調子ではない――その余裕のある笑みが物語っている。琢磨はリストバンドで汗を拭う。

二ポイント目。今度も手応えはエース級のサーブだったが、松田は難なく返してきた。触りさえすればだいたい返るタッチの良さ。目もいい。反射神経も鋭い。シンプルに、俗に運動神経と呼ばれているステータスが高い。琢磨はテニス以外の球技をやらせるとてんでダメだが、松田はおそらく何をやらせても上手いタイプだ。動体視力が良く、足も速い人間が活躍できないスポーツはこの世にない。

返ってきたリターンを確実にボレーで仕留めていく。エースでポイントを獲れているのに、ちっとも気持ち良くならない。一本余計に多く打たされている、という感覚が気持ち悪く残る。コースもシビアにならざるを得ない。あとは決めるだけ、というボールにならない。なるほど、こいつの強みはそれか、とネットの向こうに松田を見据えて理解する。技術はもちろん、べらぼうに高い。だがそれ以上に、コイツがここまで勝ち上がってきているのは、相手に決めさせない技術において突出しているからだ。ラファエル・ナダルを彷彿《ほうふつ》とさせる。ありとあらゆるボールを拾い、どんなに苦しい体勢からでも針の穴を通すようなコントロールでパッシングを抜いていくスペインのクレー・キング。

今日のサーフェイスがオムニでよかったと心底思った。クレーなら相当分が悪い相手だ。体力勝負になると苦しい。

松田は涼しい顔をしている。まだ汗をかいていない。対する琢磨はすでに左手のリストバンドをだいぶ湿らせている。きつい試合になりそうだった。

3－2まではキープ合戦だった。

ゲームが動いたのは第六ゲーム。松田のサービスゲームで、15－40となる。松田はサーブも悪くないが、ビッグサーバーというほどではない。リスクを負えばそれなりに攻められる。ギアを一段上げ、そのリスクを負った見返りに琢磨はブレークチャンスを得ていた。ブレークポイントはラリーになって、松田に主導権を握られかけたが大きく外に追い出されたショットに対してカウンター気味に放ったダウン・ザ・ラインが上手いこと決まり、ゲームポイントとなった。

これで4－2。フェンスの向こうがにわかに盛り上がるが、もはや声は誰のものかもわからない。

あと二ゲームだ、とはなるべく考えないようにする。

額から転がり落ちた汗の玉が目に入り、琢磨は乱暴に頭を振る。

滴る汗をリストバンドで拭おうとするが、濡《ぬ》れた机を濡れ雑巾で拭くみたいにあまり意味がなかった。いつもより汗をかいている。気温が高いせいか。初夏の熱気はコートに籠り、その上を駆ける選手にも着実に熱を蓄積していく。息も上がっている。松田はまだ余力を残している顔だ。リードしているはずなのに、追い詰められているかのような感覚——。

大丈夫、あと二ゲームだ。

琢磨は迷いを断ち切り、トスを上げる。

シビアにコースを狙ってサーブを打つ。

調子はまだいい。サーブはワイドへ切れていき、この日初めてのエースとなった。

松田が若干険しい顔になる。さすがに向こうも焦ってはいるか？　いい加減エンジンかかってきたか？　かかりきる前に仕留めてやる。

琢磨は次のサーブを打つ。次も、その次も、どんどん打つ。リターンはたまに返ってくるが、ほとんどはエースになる。調子がいいのがわかる。肩が回る。手首がよくしなる。ボールが、いくらでも思い通りになるかのように感じる。同時に息はどんどん上がっていく。夏日の空気に、白い吐息を吐けそうだと思う。

サービスゲームはあっという間に終わった。

5－2。

コートチェンジの間、頭がぼーっとしていた。水分をがぶがぶ摂《と》ってから、リストバンドを外す。鞄の中にやけにたくさん入っている予備を一つ無造作につかみとり、付け直してコートへ向かう。次はどっちがサーブだっけな、と一瞬考えた。松田がボールをついているのを見て、リターンの構えを取る。

そのゲームで二度目のブレークはならなかったが、直後のサービスゲームで琢磨はマッチポイントを握った。サービスは好調だった。このゲームもエースは多く、スコアは40－0だった。

やけにあっさりしているな、と思いながら打った最後のサーブもコースはキレていた。触れられたとしても、次のボレーで仕留められる。それはきっと松田にもわかったのだろう、ほとんど諦めたように見送った――ように見えた。

……勝った。勝利だ。

「ゲーム&ファーストセット、曲野。6－3」

審判のコールを聞き流しながら、握手のためにネットに向かいかけた琢磨はそこで初めて違和感を覚えた。

負けたはずの松田が涼しい顔でベンチに戻ろうとしている。

コートの外はざわついているが、試合直後独特の歓声とは異なる。

あれ、と思った瞬間、今更に審判の言った言葉が脳裏でリフレインした。

——ゲーム&ファーストセット、曲野。

審判は琢磨が勝ったと言ったのではない。ファーストセットは琢磨が取った、と宣言したのだ。

「あ」

そうか、今日3セットマッチだっけ。

今さらのようにルールを思い出して、すでに汗だくの額を冷汗が転がり落ちた。

忘れていた。

などという話は通用しない。

だが事実として、完全に失念していた。インターハイ予選、初の準々決勝。緊張やプレッシャーがまったくなかったといえば嘘になるか。しかしそれさえも今さらの言い訳だ。

そう、今日は3セットマッチだ。2セット先に取った方が勝ち。松田が最後の琢磨のサーブを見送った——のかどうかはともかく、あんなにあっさりと引き下がったのは——セカンドセットで挽回《ばんかい》することを考えたからだろう。

考えていなかった。

特に、体力配分を。

結論から言うと、セカンドセットで琢磨は完全にバテていた。体力面だけではない。松田のサーブからだったが、リターンが明らかに甘くなった。琢磨の集中力は、セカンドセッファーストセットのラストでエンジンをふかし過ぎた琢磨の集中力は、セカンドセットまで持続しなかった。一頭目の獅子を仕留めるためにオーバーキル気味にとどめをさした瞬間、二頭目が姿を現した――とでも言えば伝わるか。

くそ、と口汚くののしる。

先輩が来たことで、集中できたつもりでいた。実際、テニスにはかつてなく集中していたと思う。だが集中し過ぎた結果、それ以外のことがおろそかになった。具体的には――いつもと違う、ルールのこととか。

松田は当然忘れていなかった。スロースターター過ぎるとは思ったのだ。そうではない、やつはちゃんと体力配分を考えていた。序盤は動きを見つつ少しずつエンジンをかけて、ファーストセット終盤は粘って体力を消耗するよりもセカンド以降にバテた琢磨を仕留めることを考え温存したのだろう。事実、松田はセカンドからどんどん動きがよくなってきている。

サービスゲームはあっさりキープされ、自分のサービスゲームは苦労する展開になった。ファーストセットはあれだけ決まったファーストサーブが入らない。セカンドになると松田はガンガンリターンエースを狙ってくるうえ、そもそもサーブで優位が取れないとラリー展開に持ち込まれる琢磨にとってはいずれにしろ分が悪い。ファーストセットはあまり使っていなかったスライスなどを織り交ぜて誤魔化し、なんとか1－1で回すも松田のサービスゲームはやはりあっさりとキープされてしまう。

強い。

改めて理解する。

インターハイ慣れしている強豪校らしい強さだった。普段から3セットマッチの練習もしているのだろうか。藤ヶ丘ではそんな練習をしたことは一度だってない。実力の差。意識の差。地力の差。こういうところに、インハイ常連校と平凡な公立校の差が出るのかと思い知る。

キープ合戦の均衡はすぐに崩れた。1－2の琢磨のサービスゲーム、ファーストが入らなくなったところを突かれた。ガンガンラリーで振り回され、立て続けにポイントを失った。体勢を立て直す間もなく、琢磨はこのゲームを失った。

1－3となってからの展開は早かった。松田はここが攻め時とばかりにギアを上げ、逆にギアの下がった琢磨を圧倒する。いや、それはもはや蹂躙《じゅうりん》といった方が正しい。

琢磨はなすすべなくポイントを奪われ、松田は実に十二ポイント連取で三ゲームを立て続けにかっさらった。

1-5。

フェンスの外は峡成陣営の応援で大盛り上がりだった。藤ヶ丘陣営の声が聞こえない。琢磨はタオルで汗を拭きながら大きく息をつく。セカンドセットはもう無理だ。ファイナルで立て直すしかない。だが、今のままでは……松田は尻上がりに調子をあげているし、一方の琢磨は消耗し過ぎている。一度気持ちを切り替えないと……さっきから自分の靴ばかり見つめている。汗がぽたぽたと地面に染みを作る。足元を歩いていく蟻《あり》が見える。頭がぼーっとして、くだらないことにばかり気が散る。

松田のサーブだ。

コートの外の声援がもわーんと聞こえる。ところどころに知っている声も混じっている気がしたが、試合にすら集中できていない今の琢磨には誰の声なのかその程度の判別もできない。

のろのろとリターンポジションに向かいかけたときだった。

「諦めんな琢磨！　集中！」

澄んだ声だった。

ソラ先輩？

防風ネットの張られたフェンス向こうの顔を判別するのは声以上に難しかったが、それで顔を上げかけた琢磨は風が顔を撫でていくのにはっとした。

空。

リターンポジションのまま、見上げた。

松田がサーブを打ったのはわかったが、琢磨は動かなかった。ただじっと空を見上げていた。

テニスはよく空を見上げるスポーツだ。でも俺はさっきから、足元ばかり見ていた。視点が下がっていた。サーブを打つときも、あまりトスをよく見ていなかった。攻めやカウンターを焦って、弾道が下がっていた。ロブなんてほとんど打っていないし、松田から甘いボールを引き出せていないのでスマッシュも当然打っていない。

今日、こんないい天気だったっけ。

暑さばかり感じていた。見上げると鮮やかな青がそこにあって、少しだけ涼しくなったように感じた。

審判の声。ノット・レディをコールしたようだ。松田が抗議しているのが聞こえる。

そんなことがどうでもいいくらいに青い空は、確実にもう夏の空だった。

セカンドセットは1－6で落とした。ファイナルセットに入る前にトイレットブレークを要求し、少し気持ちを切り替える。コートに戻ってからもう一度リストバンドを交換した。思えば3セット対策でたくさん替えを持ってきたのに、ファーストセットは完全に頭から飛んでいたなと思う。

スタミナでは圧倒的に劣っている。ファーストセットのようなプレーはもうできない。できたとしても短時間だ。ここぞという勝負所だけギアを上げて、それ以外は地道に戦っていくしかない。

状況は松田の方が圧倒的に有利だった。

それでも食らいついていくしかない。

ないものに縋《すが》っても意味はない。今あるもので、勝負するしかない。

審判のコールとともに、ファイナルセットが幕を開ける。

＊

ライバルは誰？

と訊かれて、真顔で自分自身と答えたことがある。

訊いた相手はなぜか爆笑だったが、琢磨にしてみれば大真面目で、それ以外の答えなどあり得なかった。

誰に対して答えたのかは思い出せないが、いつだったのかはなんとなくわかる。それは、本当の意味での好敵手を知らなかった中学時代——もちろん、仁や天本の名はその頃から知っていたし、他にもよく名前を聞く選手はいた。だがやり合えば負けたくない相手なんて、言ってしまえば〝全員〟だ。琢磨にとって、そういう意味で特定のライバルというのはいなかったし、どちらかといえばいつも自分自身とばかり戦っていたような気がする。自分の中の、自分の理想と。

だが高校に入ってから少しずつ、自分とだけ向き合っているのでは強くなれないのだということを——頭でわかっていたわけではないが——受け入れていった。駆やリョウ、森、嵐山、ソラ先輩、サメ先輩、仁、尾関、黒井《くろい》さん、天本に栗原、仙石や松田……強いやつはたくさんいる。そうして戦った相手という鏡を通して改めて自分のテニスに向き合ったとき、琢磨は自分になかったものに初めて気がつくことができた。

そういうことを何度も繰り返して、足りないものを補ってきた。

この三年間、琢磨のテニスにはごちゃごちゃと、色々なものが付け加わった。自分とだけ向かい合っていたあの頃のスマートでシュッとしたテニスとは違う、けれど確かな重みと厚みを伴うそれは、少なくともあの頃の自分ならできなかったことを可能にする。

＊

自分はこんなにも泥臭くあがける選手だったか。

ファイナルセットは文字通り、食らいついていく展開になった。依然松田有利で、ラリーになれば九割方その主導権はやつが握る。琢磨の残り少ない体力を削《そ》ぎ落とすように、左右前後に振り回してくる。その中には、昔の自分なら確実に追えなかったボールもある。

だが琢磨は食らいつく。追いついて、手を伸ばす。細く筋肉のついていない自分の脚は、瞬発的な加速に向いていない。広いストライドでピッチを刻むと、すぐに息が切れる。アディダスのシューズが細かい砂の粒子を巻き上げて、靴下の中に砂が入るのがわかる。これだからオムニを走るのは嫌いだ。

それでも、走る。

走って、走って、手を伸ばす。

追っても取れないかもしれない。

取った後、結局松田に決められるかもしれない。

それでも、走るのだ。

テニスとはそういうスポーツだ。

琢磨は走る。

ラケットを握りしめ、アディダス・バリケードを駆り、ひたすらにボールを追いかける。視界の端で松田がネットに詰めてきているのを捉える。相変わらず動きは機敏で、同じ時間だけ戦っているはずなのに、一向にバテる様子がない。

まったく、すげえやつだ。

こんなタフな試合、そこまで走れる選手を琢磨は他に一人しか——いや、二人か。

三人？　思い浮かべてみると、意外といる。全員藤色のウインドブレーカーを身にまとっている。

ああ、そうだな。

ウチの選手なら、みんな最後まで走るか。

自分の泥臭さは、間違いなくあの場所で育まれた。

仙石に言ったことは嘘じゃない。

──俺は藤ヶ丘に入ってよかったよ。おかげで強くなれた。

昔とは違う。

あの頃の鋭さはないかもしれない。

けれど今の俺には、あの頃の俺になかったものがある。

間違いなくあるのだ。

それがもたらした自分という人間の厚み。

そのすべて。

三年分のすべて。

簡単に負けることも、諦めることも許さない。

俺が俺自身に許さないのだ。

走れ。

打て。

二度地面に落ちるまでは、あらゆるボールは勝利に繋がっている。

ファースト、セカンドセットと打って変わってブレーク合戦の様相を呈してきたファイナルセットを、琢磨は走り続ける。松田の表情もだんだん険しくなってきたが、自分ほどではないだろう。試合開始からどれだけ時間が経ったのか、滴る汗の量が軽く一リットルは越えたのではないかという頃、ふっと審判のコールが耳朶《じだ》を打つ。

「40-30」

フォーティ……サーブは松田だ。松田の、マッチポイント？

スコアボードの表示は松田から6-5だった。これを落とせば、負ける。

琢磨は深く息を吐く。吐き切ってから、吸う。

フェンスの向こうでひび割れた声が響いている。みんな叫び過ぎだ。大丈夫、そんなに叫ばなくても、ちゃんと聞こえてる。

ちゃんと届いている。

松田がサーブを打った。

琢磨は前に出た。ファーストサーブからチップ&チャージ。ここで上げずして、いつギアを上げる。琢磨は前へ出る。ネットを取る。松田の目が見開かれたが、足は確実にボールを追っている。リターンが少し甘かったか。松田が追いつく。追いついて、打つ前に琢磨のポジションを確かめる。

パッシングがくる。

読めない。

どっちだ。

松田がラケットを振るのが見えた。

今さらのように、ピュアドライブだなと思う。バボラットの有名なラケットだ。青と黒の――。

ボールが飛んでくるのは見えていた。

目の前で急に世界が反転したかと思うと、くら、と視界が揺れた。

白い。

真っ白だ。

何かが聞こえる。聞こえるだけだ。

見えない。痛みもない。

動けない。

手が動かない。

ボール、返さないと。

どこだ。

ボールは……？

＊

目を開けたとき、一番最初に目に入ったのはソラ先輩の顔だった。

「お。起きたか？」

珍しく笑っていなかった。いつも茶化すように笑っている丸い目が、今日は薄く眇められていつになく真剣な光を灯《とも》している。

「……俺は」

しゃがれた声が出て顔をしかめる。ソラ先輩が水の入ったペットボトルを渡してくれた。

「熱中症だか脱水症状だか。どっちにしても頑張り過ぎたな。けど、いいガッツだったぞ」

その言葉で一気に記憶が戻って、琢磨は水に咽《むせ》かえりながら跳ね起きた。

「試合は⁉」

「マッチポイントでぶっ倒れたんだぞ。勝ってるわけがねーだろ」

頭からバケツの水を被せるように現実的なことを言ったのは、サメ先輩だった。声ほどに呆れた顔をしていないのは、気遣いのつもりだろうか。

「……ですよね」

琢磨は頭をかく。

自分の記憶の中で、試合は松田のマッチポイントで終わっている。その後の記憶がなく、今自分がこうしているということは――わかりきっていた結末だった。

最後の一球を返せていたとしても、こっちが勝ったわけじゃない。試合続行不可能になった時点で、自分は負けたのだ。

変に気を遣われるより、サメ先輩の一言で頭が冷えたようだった。周囲で微妙な顔で雁首揃えていたチームメイトたちが、どことなくほっとした顔で口ぐちに自分が倒れてからのことを教えてくれたが、そんなことはもうほとんどどうでもよかった。

負けた。

最後のインターハイへの挑戦。

届かなかった。

あれだけ体力強化に取り組んできたのに、結局最後は慣れない3セットマッチでスタミナ切れ。とんでもなくカッコ悪い幕切れになってしまった。みんな、俺のためだけに応援に来てくれたのに。

「そういえばな、山神も負けちまったよ。あいつなら大河原とでもいい勝負できると思ったのにな」

森が囁《ささや》くように言ったのが聞こえて、琢磨は首を回した。周囲に仁の姿はない。仁も負けたということは——森の言い振りでは大河原は勝ったようだし——東京ベスト4の三人は峡成が埋めたことになる。さすが強豪校。仁は実力を考えれば小泉に負けるようなことはないと思ったが、どこか不調を抱えているのだろうか。そういえば今朝会ったとき妙に静かだったのは、それでピリピリしていたのかもしれない。

——どうあがいたってオレたちの決着は夏につくんだ。

そんなこと、言ってたっけな。たぶんこういう意味ではなかっただろうが。それでも結局、仁と決着をつけられるチャンスは、もうたぶん都立戦くらいしかなくなってしまった。

その後松田がやってきて、大丈夫ですか？　と訊いた。試合の途中で倒れてしまったことを琢磨は詫《わ》びた。決着つかなくて残念でした、と松田は清々《すがすが》しい顔で言い、試合後にできなかった握手を求めてきた。やはり強豪の選手ほど礼儀正しく、こういうけじめを大事にしていると思う。

「そういえば、あれ誰の声？」

「あれ？」

撤収の準備中、琢磨は思い出して森に訊ねた。

――諦めんな琢磨！　集中！

訊かれた森は思い出すように首をひねり、それから言った。

「ああ……駆じゃん？　たぶん」

駆の方を見ると、今日もなんとなく目は合わない。それでもこいつは応援に来たし、たぶん精一杯声を出してくれたのだろう。駆の声をソラ先輩の声と勘違いするのはあり得ないようで――だけど三年目の今はあり得そうな気もした。

日が暮れかけている。

三鷹《みたか》の駅まで藤ヶ丘勢はぞろぞろと列をなして歩き、それぞれがそれぞれに感想を語っていた。琢磨は一番後ろを一人でぼんやり歩いた。何度も、何度も振り返ってだんだん遠くなる峡成高校の校舎を見つめた。まだインターハイ団体戦で来るかもしれない。それでもなんとなく、もう来ないかもしれないと思った。都立戦は都立高校が会場になるので峡成に来ることはない。三年間、何度も何度も足を運んだ場所。

ふいに足がもつれて、何かと思ったらテニスシューズの靴紐《くつひも》がほどけていた。

琢磨が立ち止まったのに気がついて、前を歩いていた藤村が振り返る。

「どうしたの？」

「いや、靴紐」

先行っててくれ、としゃがみこんだ。

わっかを作り、紐を通そうとしたところで、前がよく見えないのに気がついた。ぽつ、ぽつ、と靴紐を握った手のひらに何か熱いものが滴ってくる。頬が濡れていることに気がつく。

今さらなんだよ、とぼやいた声が震えていた。自分でも慄《おのの》くほどに。

悔し涙なのか。

それとも寂しさなのか。

止まらなくなった。拭っても拭っても涙が止まらないから、いつまで経っても靴紐が結べない。いつまで経っても立ち上がれない。道の真ん中でしゃがみこんだままの琢磨をたくさんの人が追い越していく。琢磨の前で、ふっと誰かがしゃがむ気配がした。

「都立戦があるよ」

藤村の声だった。

ぽんぽん、と頭をぎこちなく撫でられる。

泣いているのに気づかれているのだろうか。藤村は早く立てとも、泣くなとも、頑張ったねとも、いい試合だったねとも言わなかった。

「都立戦はワンセットマッチだし、大丈夫だよ」

なんだか斜め上に、そんなことを言った。

それがとても藤村らしくて、可笑《おか》しくて、琢磨はなんだそれ、とまた震えた声で小さく笑った。

3 - 1

凹

「見た?」

廊下ですれ違った宙見がなんだかおもしろそうな顔をしてそう訊いてきた。

「なに?」

「進藤くん。すごいよ」

六月上旬のことである。駆が今日から部の練習に復帰するということは聞いていた。リハビリが少しだけ早く終わり、医者から練習再開の許可が出たのだ。そのことはすでにメールで聞いていたが、何か関係あることか。

「覗いてみ」

宙見が三組を指差すので開いたままの教室のドアから首を突っ込んで駆の方を見る

と——なんか、黒いやつがいた。

「……誰あれ」

「進藤くん」

「いや、俺、あんな黒いの知らない」

「黒いのって」

宙見は苦笑いしながら自分の髪の毛をくるくると指で弄んだ。

「でもやっぱそうなるよね。染めただけなのにね」

染めただけ——そう、駆の髪の毛が黒くなっていたのである。これまでも定期的にプリンになりつつも、そのたびに駆は律儀に染め直していたので、基本的には真っ黒な姿を見たことはなかった。だが今の駆は文字通り、真っ黒だ。不自然なくらいに。

「気合入ってるでしょ」

宙見がにやりとした。

「髪の毛でテニスするわけじゃあるまいし……」

琢磨は嘆息する。

「でもメンタルスポーツだから。気分変わるとやっぱり違うんじゃない？」

今度は私が赤色にしよっかなあ、などと言いながら宙見がまた髪をいじくる。琢磨はふとそんな宙見の頭をまじまじと見下ろす。

「……なに？　なんかついてる？」

上目遣いの宙見の瞳に、前髪がかかっていた。

「……髪伸びたな」

「今さらかよー。今年一度も切ってないんだ」

宙見が笑った。

「願掛けっていうか。運とか溜めこんでるの。変なところで使っちゃわないように」

「ふーん」

「でもそろそろ切ろうと思って。最後だからね。溜めた運、解放する予定」

「運頼みってガラじゃないだろ」

宙見はハードに練習している。運ではなく、自分の実力で勝ちとるために。

「運にも頼るさ。天気とか、トスとか、風とか。自分の力じゃどうにもできないこともあるからね」

そう言う宙見の目は真剣で、琢磨はそれ以上彼女の運頼みや駆の髪の毛にとやかく言うのはやめた。

放課後、練習に復帰した駆の持っているラケットが新しくなっていた。

「RDX500か。ヒューイットのラケットだよな」

さっそく森が食いついている。髪の毛にはクラスメイトが散々ツッコんでいたが、部員は誰も触れない。

「おまえが赤ラケじゃないって、違和感しかねえな」

森に言われて駆はうるせえと不機嫌にラケットを取り返していたが、やはり宙見の言う通りこいつなりに気合を入れているのか。意外と形から入るタイプなのは知っている。

「タクは声かけなくていいの？」

リョウが後ろから話しかけてくる。

「今さら別に」

「最近全然しゃべってないよね」

「前、青山にも言われた」

「ハルちゃんか。なんだかんだ目ざといよなあ、あの子」

ハルちゃん呼びなことの方が驚きだが、後輩に距離を作りがちな自分や駆に比べると、リョウや森の方が一年生と仲がいいことは別段珍しくもない。

「まあ、駆がどこまでブランク取り戻せるかわからんけど、ダブルス組む可能性はあるんだしさ。適当により戻しておきなよ」

何がよりを戻す、だ。恋人じゃあるまいし。気持ち悪い。

実際のところ、そんなテンションではなかった。琢磨は自分でも驚くほどに、インターハイ予選の敗北を引きずっていた。別にトラウマとか、大げさなことじゃない。けれどあの敗戦は確かに――自分の中に痛みを残し、それは去年の都立戦で敗北したときのそれととてもよく似ている。

もう二度とない。

たった一度の試合。

すべての試合がそうだと言ってしまえばそこまでだ。だが、その中でも特別なたった一度――人生でたった一度しか許されない、チャンスみたいなものがある。

毎年入れ替わるチームメイトたち。その年その年のチームメイトがみんな一期一会で、そのチームで挑める大会の数は悲しくなるほどに少ない。高校三年間で、たった三度しか挑戦できないインターハイ。人生でもたった三度だ。そして、高校三年生として迎える今年の試合は、すべてが特別だった。その一つ一つが終わっていく……決していい結果とは、言えないままに。

琢磨は結局、一年前と同じことを自分に問うている。

俺は本当に、百パーセント、これ以上ないってくらい努力しただろうか。

もっとできることが、あったんじゃないか。

あれが本当に、ベストだったろうか。

今さら意味のない悔恨は、一ミリだって自分のプラスにはならない。この先の試合でそう思わないように、日々ベストを尽くしていくしかない。

頭ではわかっている。

だけど心はその理解を拒絶している。

後ろ向きなことを考えている自分が前進できないのは当然で――いつぞやのマラソンコースで自分は立ち止まってしまっているのだと思った。駆が走り出して、いつ追いついてくるのかもわからないのに。仁や天本や松田や仙石たちはどんどん先へ行ってしまうのに。テニスシューズから根が生えてしまったみたいに、琢磨は動けずにいるのだ……。


練習が始まって、必然全員の目は駆に引きつけられた。

一年はまだ駆のプレーを見たことがないゆえの好奇心、その他は半年ぶりの駆のプレーに対する不安と期待だ。

ショートラリーくらいはさすがに普通にこなしている。スイートスポットは外しまくっているが、新しいラケットであること、久しぶりのテニスであることを考えるとコントロールは上々だ。

ボレーボレーと続き、ロングラリーになって、初めて琢磨と駆のローテションが重なった。コートの向こう、ネットを挟んで向かい合う。この距離なのに、目が合ったと思った。ずいぶんと久しぶりのことだった。

ラリーは静かに始まった。

一打目で気づく。

駆のボールが軽い。

ラケットの芯で打てていなくて、スピンばかりかかったカスカスのボールになっている。ショートラリーならそれでもコントロールできていたのだろうが、ロングでは圧倒的に深さが足りない。そんな駆に対して気合を入れて強打するわけにもいかず、琢磨はそれをのらりくらりと返す。ウォーミングアップなのだから、本来はそれでいい。

でも今は。

こいつとのラリーは。

このラリーだけは。

それではいけないと思った。

駆は何を考えているのだろう。さすがに表情まではここからは見えない。

琢磨は集中していなかった。もやもやと考えている。

時間を巻き戻したい。やり直したい。今の記憶を、技術を持ったまま、高校一年からすべてをやり直したいとさえ思う。そうしたら今度はもっと、駆とだって仲良くなれる。会ったその日からいがみ合ったりしない。肝試しで藤村を怖がらせたりしない。ダブルスで独りよがりにプレーしたりしない。怪我だってしない。リョウとも上手くやる。嵐山のことだって、ちゃんと教えてやれる。仁にだって勝つ。森と喧嘩だってしない。駆に怪我だってさせない。そして毎年都立戦で優勝して、三連覇を飾るのだ。

今タイムスリップすれば、きっとできる。

テニスに集中できないのは久しぶりのことだと思った。シューズを履き、ラケットを握り、コートに立てば勝手に入るいつものスイッチが、今日はちっとも入らない。頭の中をぐるぐると、今はどうでもいいはずのことばかりがよぎって、それはまるで走馬灯のように、この三年間を振り返らせる。

琢磨はボールを打つ。

インターハイの敗北を思い返す。松田は強かった。それでも勝てない相手ではなかったと思う。勝敗を分けたのは経験の差だった。だがもっと言ってしまえば、結局のところ己の甘さが招いた敗北だ。

琢磨はボールを打つ。

去年の秋、仁と試合をした。あいつには結局、シングルスでは一度も勝っていない。ダブルスだって、たった一度きり。インターハイで見せたような無様な敗北を都立戦で喫するわけにはいかないのに、今の自分はまるで魂の抜けた人形のように腑《ふ》抜《ぬ》けている。

琢磨はボールを打つ。

都立戦での敗北の痛み。二度と味わいたくない悔しさ。一年前の敗北の悔しさを、フレッシュなまま覚えている選手は少ない。だけど琢磨は確かに覚えている。二年分の痛みを、確かに覚えている。

琢磨はボールを打つ。

一年の新人戦。リョウが現れて、チームは荒れに荒れた。あの頃はまだ、いろんなことに戸惑っていた。だけど今思えば、もっと自分にできることがあったはずなのだ。

思い返し、記憶を遡るほどに、後悔は募り、琢磨のボールは勢いを失っていく。

琢磨はボールを打つ。

駆がボールを返してくる。

のらりくらりと。まるで惰性のように。

そういえば、こんなふうだったな、とふと思い出した。一番最初に、進藤駆と打った日のこと。あの日のボール。今日までを繋げた、たった一球のフォアハンド。

ふいにぐんっ、と駆の腕がしなった。

あの日のように。あの日と、まったく同じように。

肩からラケットの先端まで、一本のムチのように振り切る。

ＲＤＸのスイートスポットがボールを捉えた瞬間、駆の指の先から肩まで電流が走り抜けるのを見た気がした。芯を促えた確かな音、弾性の強い硬球がぐぐっと撓《たわ》んで弾き出される。

しっかりと〝押された〟ボールだった。

スパンッ、と。

今までのカスカスのスピンとは違う、いい音がした。

まっすぐに飛んだ打球は琢磨の足元に鋭く突き刺さり、とっさに返そうと無理な姿勢で振り出したラケットをすり抜けて、背後のフェンスにぶつかりけたたましい音を鳴らした。それはインターハイ以降、どこか縮こまってうじうじとしていた曲野のテニスに、確かにヒビを入れた音のように聞こえた。

いつかどこかで聞いた、懐かしい音のようにも聞こえた。

「……ナイッショッ」

森が、何か啞然《あぜん》としたみたいにつぶやく。

駆はぼんやり自分の右手を見つめている。

琢磨も自分の手を見下ろす。じんじんと、最後の一球の感覚が残っている。

何かを言われた気がした。

自分の頰をつねって夢かどうかを確かめるみたいに、そのボールに頰を引っ叩かれた気がした。

はっきりと言葉にはならない何か。

だけど確かに、琢磨に顔を上げさせる何か。

風が吹いている。

向かい風が、ふいに追い風へと変わった。

＊

「おまえ、ホントに怪我明け？」

アップの後でそんなふうに訊いたら、

「上手いだろ、わりと」

ニヤリとして言った駆が、確かに追いついてきたのだと思った。

そして自分も再び、走り出したのだと。

LES!!
ダブルス Final Set

天沢夏月
natsuki amasawa
DOUB

3-3

凸

目が覚める。

何度も夢に見たその日の朝が、とうとうきたと思った。目覚ましはまだ鳴っていなかったが、駆は身を起こしてアラームを解除した。背中の後ろで両の指を組み、ぐぐっと後ろに向けて伸ばす。体が小さくぽきぽきと音を立てる。指を細かく動かし、肩を回し、前屈をする。それから深呼吸をする。ゆっくりと吐いて、吸う。空気は吐かないと吸えないのだと誰かが言っていた。一度からっぽになった肺に、七月の二十一日の空気が満ちてくると、ふっと気持ちが落ち着いた気がした。

朝ご飯は軽めにした。歯磨きはいつもよりも丁寧にした。真っ黒になった髪の毛の寝癖を取って、白いチームウェアの上から藤色のウインドブレーカーを着て、ラケットバッグには替えのウェアやリストバンド、飲み物を入れる。

最後に部の練習ノートを入れた。もう開くことはないけれど、最後に渡す相手は決めている。それは今日じゃない。明日でもない。

駅までの道をゆっくり歩いた。一歩一歩、筋肉の軋みを聞くように。体の声を聞くように。電車に乗ったところでイヤホンを耳につけ、お気に入りの音楽をかけた。

JR中央線、東小金井《ひがしこがねい》駅から武蔵《むさし》小金井駅の間には、小金井公園という馬鹿でかい公園が横たわっている。八十ヘクタールの敷地内には緑地はもちろん、バーベキュー施設や弓道場、野球場、サイクリングのコースなどがあり、東小金井駅寄りの一画にはテニスコートもある――などということを、一年に対して森が説明していた。自分たちが一年の頃、誰かが教えてくれたこと。三年になって口にする言葉の多くは、いつか自分が誰かから聞かされた言葉だということに気づく。そうやって受け継がれていくのだと知る。

自分はきちんとすべて伝え切れただろうか。

怪我で前線を離れていた駆にとって、今年の新入生と過ごした時間はあまりに短い。交わした言葉の数は、あまりに少ない。残りの時間は、ほんのわずかしかない。

だからせめて試合で伝えたい、と思っても、残りの試合数すらほんのわずかだ。

いや、きっと、必要なのは量じゃない。

自分たちだって、もらったのはほんの一言。ちょっとしたこと。一試合でも、学ぶことはたくさんあったじゃないか。

自分が今日、明日、明後日《あさって》と戦って。この部に何を残してやれるか。後輩たちに何を見せてやれるか。

エースの背中はみんなが見ている。

そんなエースと組む自分の背中も、みんなが見ている。

オレたちがかつて見た、コートの上で戦う先輩たちの背中。

あの背中に、追いつこうと思ってやってきた。無理だと、わかっていて。絶対に無理なんだ。わかってる。追いつけっこない。先輩は偉大だ。絶対に越えられない。追いつけない。

それでも思う。

今、あの場所に、立てているだろうか。

誰かが追いかけたいと、憧れるような——そんな強い背中に、藤ヶ丘高校の名を背負えているだろうか。

「似合わない顔してるな」

琢磨が隣に座った。試合前にこいつが話しかけてくるのは珍しい。

「……オレ、今どんな顔してた？」

「なんか、しんみりした顔」

しんみり……まあ、そうかもしれない。

「いよいよだな、って思っただけだよ」

「まだ、終わってないだろ」

っつーか始まってもいねえ、と琢磨は笑う。なんかこいつも、よく笑うようになったなと思う。

「琢磨、おまえさ」

「ん？」

「後悔とか、ねえの」

なんでこんなこと訊いてるんだろうと思う。結局しんみりしてしまいそうな話題を、なぜこんなときに。

「……ある」

琢磨は答えた。

「あるから、全部清算しにきたんだろ」

ああ。そうか。

そうだったな。

たくさん後悔がある。やり残したことがある。でもそれらを全部ひっくるめて、いい三年間だったと言えるように。思えるように。それができたらきっと、後輩たちにも何か残してやれるかもしれない。

「山吹台には、いい加減勝っておかないと、終わり切れねえよ」

琢磨は真顔で付け加える。

そっちか。

まあ、そっちもそうだ。

部だけじゃない。

オレたち自身にも残したいものがある。

トロフィーに刻みたい名前がある。

清算。

去年、一昨年と山吹台に作った大きな借り。

返さずに終わるのは、確かにすっきりしない。

「やっつけるか」

駆は軽い調子で言った。

「ちょっと試合前らしい顔になったな」

琢磨がニヤリとして、こぶしをコツンと突き合わせた。

「円陣組むぞー」

駆は声を張る。

ぞろぞろと今年のチームメイトが輪を作る。暑いけれど、全員ウインドブレーカーを着させた。一瞬だけ。そうすると円陣が藤色になるのだ。遠目にも目立ちそうな、藤ヶ丘高校硬式庭球部の陣。

「今年のチームが、藤ヶ丘歴代最強」

開口一番、そう言い切った駆に全員の顔がきょとんとする。

「──なんてことは、口が裂けても言えねーけど」

そう付け加えると、琢磨以外がふっと笑う。

「それでも今年の都立最強だとは思ってる。だから優勝狙ってるんだしな」

再び全員が真顔になった。

「強《つえ》え学校はたくさんある。強え選手もたくさんいる。山吹台だけがライバルじゃないってこと。確かに三日目狙ってる。一日目は抜けて当たり前みたいな空気もあるかもしんない。でも、勝って当たり前の試合なんて一つもないんだ。実際に戦って、確かに実力で勝ちとって、初めて勝利なんだ。だから目の前の一本一本、一試合一試合を、大事に、全力で戦ってほしいと思うし、応援もどうせ勝つからとか、もう負けそうだからとか、そういう気持ちで観るだけにならないでほしい」

「試合前からなんで説教モードなんだよ」

と森が茶々を入れた。確かにな、と駆は頭をかく。黒くなった頭をかく。

「大丈夫。オレたちならやれる。相手が誰であっても、全力でいこうぜ」

全員の顔にぎゅっと気合みたいなものが浮かんだのを見て、駆は一つうなずき、大きく息を吸った。

届け。轟《とどろ》け。今からオレたちがいくぞ。

藤ヶ丘高校硬式庭球部がいくぞ。

全コートに響き渡るように、腹の底から声を出した。

「フジコーッ、ファイッ!!」

「オォーッ!!」

六月はひたすらに基礎練習だった。だから実戦的な試合は、部内戦以外にはほとんどしていない。

駆はコートに入りながら、深く息を吐いて吸う。目を閉じて、瞼の裏のスクリーンにセルフイメージを浮かべる。

部に復帰した駆に課せられたのは、まず感覚を取り戻すことだった。落ちた筋力自体はリハビリである程度回復している。フォームも体が覚えている。もっとも狂っているのはボールを打つ感覚――ボールタッチと、コントロール。琢磨ほどに繊細なタッチを持っているわけではないが、それでも駆には駆のボールタッチがあり、普段はそれを頼りにプレースメントの機微を調整している。その感覚を取り戻すこと。

朝練にはいろんなやつが付き合ってくれた。森や涼はもちろん、琢磨や嵐山、二年や新一年、女子部もたまに。あの河原すら付き合ってくれたのだから、大概のやつは練習相手になってくれたのではないだろうか。おかげで腰を据えて、単純な手出しのボールをひたすら打つことができた。一球一球、丁寧に。時間をかけて、じっくりと。

初心者練習だが、結局はそういうことだ。一番簡単な練習で打てないボールを、試合では打てない。止まってないボールを、動きながら打つことなんてできるわけがないのだ。

時間はなかったが、焦りはなかった。

必ず戻れると、なぜか確信できた。

あのとき、宙見の言葉を振り切って逃げてしまわなくてよかった。戻ってきてよかったと、心から思った。怪我をして、二度と戻ってこられないやつもいる。自分は運がよかった。色々なものに恵まれた。きちんと五体満足に、テニスコートの上に立っていられる。

今日、ここに立っていられる。

駆は小金井公園のテニスコートの上へ踏み出す。炎天下の七月下旬、砂がきらきらときらめく緑色のオムニコート。

きたぞ。

目指す場所はまだ遠い。

ここじゃない。でもここから始まるのだ。

緊張にか、それとも骨が疼《うず》いたか、微妙に強張る右腕をぎゅっと押さえた。

以前より強くなれた、と断言はできない。

ブランクをすべて取り戻せたとも思えない。

それでも確かに、選手としてここに戻ってこられた。涙が滲みそうになる。

「フジコウ先行ー！」

四方八方声援飛び交うコートの喧騒を切り裂くように、大きな声がした。すっかり応援隊長が板についてきた嵐山は、選手でもある。選手の嵐山が声を張り上げるから、負けじと他の二年や一年も声をあげる。「気合入ってんな」と相手校の選手が若干引いているが、それでいい。これがうちのチームだ。自慢の応援隊長だ。

すでにＤ２の森と涼は快勝で白星をあげていた。Ｄ１の駆と琢磨が勝てば二勝目。Ｓ３には嵐山が出ることになっている。

「勝って勢いつけてやんないとな」

先サーブを取ったので、ボールを受け取りながら駆が言うと、琢磨が目を細めて嵐山の方を見やった。

「もう気合十分って感じだろ」

おりしも嵐山が声を張った。

「フジコウファイトーッ！」

まあ、確かに。

「勝つけどな」

琢磨が静かに付け加える。駆は静かにうなずいた。

これが第一試合。

駆にとっても久々の公式戦。

ここから最後の都立戦が始まる。

空を見上げて、そのまぶしい太陽に重なるように、テニスボールを高く放った。いい天気だ。今日は負ける気がしねえ。

＊

『初戦突破おめでとう!』

試合の後、宙見からメールがきていた。誰から情報を仕入れているんだか知らないが、そんな速報みたいなことしてもらわなくたって、結果なら教えてやるのに。

『女子も勝ったよ』

Vサインつきの顔文字がついている。少しほっとする。余所《よそ》の学校はあまり男子部と女子部で仲がいいなんてこともないらしいが、藤ヶ丘はそこそこ頻繁に互いの試合を観に行ったり、応援したりしているので、同じテニス部という連帯感が強い。

一昨年、去年と二日目で敗退している女子部は三日目まで勝ち残ることを目標にしている。でも実際のところ宙見が本気で優勝を狙っていることは、何に遠慮しているのか隠しているつもりの本人以外皆気づいていたし、そういう意味で藤ヶ丘高校硬式庭球部は今年、男女ともに漏れなく優勝トロフィーを欲している。

『一日目はそんな強いとこと当たらないだろ。でも、油断大敵。ひとまずおめでとう』

そう返して携帯を閉じる。次の試合はすぐに始まる。

六月が後半に入ってからラケ出しや振り回し練習、チャンスボール練習、サーブにリターンにスマッシュ——実戦で必要になる技術の基礎練習を行った。それからストレートラリー、クロスラリー、ボレスト、ロブスマ、全面ラリー——実戦に近い対人練習。その段階に入ってからの慣れは早かった。基礎をきちんと取り戻しておいたので、実戦に入ってからの動きは〝馴染ませる〟感覚に近い。ちょっとしたズレや違和感を一つ一つ見つけては潰し、調整していく。この頃になると体も動きを思い出していて、新しいフォームと整合性を取りつつも動きが〝再自動化〟されていく。

部内戦ではほぼ半年前と変わらない動きができた——と思うのはあくまでイメージの話で、対戦相手からすると以前とはやはりボールやフォームが少し違うらしい。

特に変わったと言われるのは球質だ。

回転を多めにかけたヘビースピンをベースにラリー中心に組み立てる点は変わっていない。だが——打てない間、特にインターハイの琢磨の試合を観て影響を受けたせいか、以前よりも当たりが厚くなったようだ。しっかりとボールを潰して打っている感覚が、前より強くなった。あるいはそれはラケットを変えたせいなのかもしれないし、もっと他の——体や心の、変化なのかもしれない。

入部当初コンプレックスだった小柄な体型も、三年になった今では百七十を超えている。特別デカイ方じゃないが、チビでもない。身長が伸びて、体重が増えた分、ボールにもそれだけ重さが乗るようになった。フォームの変化は、今の体型によりふさわしい動きで打てるようになったということなのかもしれない。背が伸びれば、それだけ打点が上がる。掬《すく》い上げるように山なりのボールを打たなくても、叩き下ろせるボールが増えていることに、今さらのように気づいた。

強くなっただけじゃない。

体も成長した。

でも勝手にでかくなったわけじゃない。

勝手に強くなったわけでもない。

それがわかるくらいには、心も成長したってことなんだろうか。

たかがテニス。

その、たかが一球。

だけどその一球に、どれほど多くのことを教えてもらっただろう。

オレのテニスは文字通り、集大成だ。

高校三年間のすべてが、そこに詰まっている。

昨年ベスト４の藤ヶ丘はシード校だし、そうでなくとも今年はインターハイに王手をかけた曲野琢磨を擁する紛れもない強豪だ。山神、天本擁する山吹台にはそれでも見劣りするのが悔しいところだが、昨年準優勝の松耀とベスト４の北野台《きたのだい》と併せて他校からはもっともマークされているし、当然早い段階では当たりたくない相手としても認識されているだろう。

しかし、名が知れているがゆえに対策を立てられやすいのも事実である。戦略性の高い競技でもあるがゆえに、対策がハマることはままあり、それゆえに下剋上《げこくじょう》も起こりやすいのがテニスというスポーツだ。

――まさにその対策を嵌《は》められた形になった。

二試合目の相手は大和《やまと》第一高校。一年のとき二日目で当たったのを覚えている。女子部が敗退した直後だった。彼女たちの無念に憑《つ》かれたように相手を蹴散らした試合の記憶はすでに薄い。だが実際問題二日目の終盤に残るくらいだと、都立校としてはかなりの猛者だ。序盤に当たる相手としてはお互い運が悪い。

都立戦はダブルス二本、シングルス三本の計五本勝負、試合はD2から順にD1、S3、S2、S1と行われる。コートに余裕があれば同時進行もあり得るが、基本的には一試合ずつ消化していくので必然的に第一試合は必ずD2だ。つまり、森と涼のペアが先陣を切る。

テニスや卓球、バドミントン、剣道や柔道など〝個人競技の集合としての団体戦〟というスタイルを持つスポーツにチームワークというイメージを当てはめるのはどうにも難しい話ではあるが、そこには個々人のメンタルの他にチームメンタルとでも呼ぶべきものが確かに存在する。士気と言い換えてもいい。この三年間、駆が団体戦の中でずっと感じ続けてきたものだ。

それは、自分自身のモチベーションとは無関係に――容赦なく、どうしようもなく、伝播《でんぱ》する。チームの白星、黒星、あと何勝すればいいのか、あと何敗したらダメなのか、自分たちが勝てばいいのか、自分たちが勝ってもダメなのか、負けたらダメなのか、負けても大丈夫なのか、ごちゃごちゃと思考の糸が絡まるほどに体は緊迫し、練習通りの動きができなくなる。負けたくない、という気持ちが思いきりを鈍らせる。ダブルフォルトをしたくない、と思ってサーブを入れにいってしまう。ミスをしたくない、と思ってストロークのスイングを鈍らせてしまう。攻撃性、積極性、意外性、そんな言葉は頭から吹っ飛ぶ。逆も然《しか》り。チームが勝っていれば、勢いづく。いつもより強気に打てる。ファーストサーブを二本打ってみようと思える。局面で、きちんと相手の動きが見えるから思い切って逆を突ける。強気に前へ出られる。ドロップショットや、ドライブボレーなど、難しいショットに手が出せる。

個人戦ならそれらの感情はすべて自分自身のメンタリティのみで完結する。だが、団体戦では文字通り、チームの精神は一つだ。応援はそれらを支え、持ち上げ、保持し、選手たちは自らのプレーでもって自らを、チームを鼓舞し、声援に応える。

テニスにとって、団体戦は個人戦以上に精神の戦いだ。

その鍵を握るのが、先鋒《せんぽう》――すなわち、D2というポジションである。

「ヤマイチ先行ーッ！」

相手の声援の方が勢いがあるのは、おそらく現在のスコアのせいだろう。

0－3で回っていた。

初戦が快勝だっただけに、森の動きの悪さが目立っていた。明らかに狙われているのは〝対策〟の結果だろう。森はフォームが綺麗なのでパッと見だと涼と同レベルに見えるほどだが、実力でまだまだ涼には及ばない。ダブルスとしては安定感もあって堅実なのだが、足を引っ張ることを嫌う森の性格ゆえに、集中的に狙われると脆《もろ》いところがある。

この二人がD2として試合に出ていた期間は一年もない。それでもきちんと弱点をついてくるあたり、よく研究されている。ドローが出た時点で早い段階で当たることはわかっていただろうし、大和第一にしてみれば逆に藤ヶ丘を突破すれば準決勝で当たる松耀までそれ以上の敵はいないという認識なのだろう。何がなんでも突破する、という執念を感じる。二年前の試合を、あるいは向こうはきっちり覚えているのかもしれない。

「動きが硬いな」

隣で琢磨がぼそりと言った。

「森?」

「いや、リョウもかなり」

「え?」

意外に思って涼の方を見やる。駆の目にはいつもとそう変わらなく見えたが――やはり先鋒のプレッシャーか。涼もなんだかんだいって責任感の強いタイプで、森をフォローしてやらなければという思いもあるだろうし、二日目、三日目に向けてこんな早い段階からD1に負担をかけたくない（D2が負ければ必然的にD1を落とすわけにはいかなくなるので、プレッシャーになる）、という気持ちもあるのかもしれない。確かによく見ていると少し硬いか。狙われる森ばかりを気にして、気づかなかった。

試合は森のサーブで、0－15。踏ん張りどころだ。

「フジコウ一本挽回ーッ！」

嵐山が張り上げた声に、駆も声を連ねる。琢磨はどことなく穏やかに「まず一本！」と叫んでいる。しっかしこいつもでかい声出すようになったよなあ……などと思いつつ、駆はコートの中を食い入るように見つめる。

森がトスを上げた。

少し前過ぎる、と思ったがやり直さない。

サーブを打った。

すぐに審判からフットフォルトのコールがあがった。サーブを打つ際に、足がベースラインを越えたのだ。確かに駆の目から見てもつま先がはみ出ていた。

「セカンドーっ」

相手の選手が挑発している。

ふーっ、と森が息を吐いている。

平常じゃないのがわかる。

フェンスが変形しそうなほど指を食いこませながら、こういうとき、オレたちはなんて声をかけてもらったっけと考える。先輩たちに。ソラ先輩や、サメ先輩に。ピンチはたくさんあった。だけど何度も、応援に助けてもらった。こういうとき、あの人たちはどんなふうに、勇気づけてくれたっけ。

森のセカンドサーブが入る。だが、セカンドにしてはいいコースにいったのは、今の森の状態を考えると偶然だろう。だが、インはインだ。相手のリターンが甘くなり、涼がすかさずポーチに出てやや危なっかしいコースに決めた。

「ナイッショー！」

琢磨がパンパンと手を叩いた。

「元気ないぞ、声出してけー！」

嵐山や他の後輩たちが喉が枯れそうな叫び声を絞り出す中で、三年生の琢磨の声は妙にどっしりと、落ち着いて響いた。

ああ。

ふと、思い出す。

先輩たちの声も、そういえばいつもそうだった。

ピンチなときほど、茶化すような、おどけたような、ゆるゆるとした声で、でもはっきりと通る声で、まだいける、大丈夫、がんばれ、と背中を押してくれた。先輩たちが落ち着いていたから、冷静に客観視のできない状況でも、その言葉だけは信じられた。

コートの中がいっぱいいっぱいになってるときに、コートの外の応援までいっぱいいっぱいになってしまったら、チームメンタルは完全に緊張状態になってプレッシャーは増すばかりだ。

応援は、ただでかい声をかければいいってわけじゃない。

それがいいときもあるし、そうじゃないときもある。

チームのメンタル。

その要のエース。

琢磨がわかってやっているのかはわからなかった。

それでも琢磨の声が届いた瞬間、少しだけ涼の顔に笑みが宿ったような気がした。

それを見て、駆も声を出す。

「森ー、今のはナイスサーブだぞー！　毎回それ打てたら楽勝だ！　一本集中してこうぜ！」

少しわざとらしく、ぎこちなく。

駆の声に、森がナニイッテンダ、みたいな顔でこっちを見て——苦笑いを浮かべた。

ああ、そうだよ。おまえ、いっつもニヤニヤしてんのに、試合でテンパるとすぐ真顔になっちまう。笑ってろよ。ニヤニヤコンビなんだからさ、おまえら。

森が再びトスを上げる。

さっきよりもゆっくりと、高く、丁寧に。

そうだ。

ゆっくりやれば大丈夫。

森のテニスは丁寧だ。フォームは基本に忠実で、ある意味完成されている琢磨のテニスとはまた別のベクトルで美しく完成している。涼は芸達者で、落ち着いて周囲が見えていれば変幻自在にショットを操る。

嚙み合えば、とても綺麗なダブルスなのを駆は知っている。

森がサーブを打った。

威力はさほどでもないが、綺麗に相手のバックサイドに跳ねるスピンサーブ。森のサーブは琢磨のように、一発でエースを獲りにいくためのものじゃない。相手が返しづらいところへ確実に入れ、次の一打を有利にするための布石だ。バックハンドに高く弾んだサーブを、相手が苦し紛れに返したリターンは中途半端に浮いた。

逃さず涼が決めたボレーは、今度は危なげなく相手コートのど真ん中を貫いた。

森がサービスゲームをキープしてから、二人の動きが少し落ち着いた。その〝少し〟で充分だった。

強いのは、知っている。

だから、ゆっくり、いつも通りやれば、大丈夫。

そういう気持ちを込めて応援すると、それが伝わるようだった。気のせいかもしれない。森たちが自分で立て直したのかもしれない。それならそれでもいい。

3－3に追いついてからは、二人のいいところがだんだん出てきて、相手も森ばかりを狙う余裕がなくなった。その頃には藤ヶ丘の応援からも少し切羽詰った強張りのようなものが取れて、全体的に穏やかな雰囲気が広がっていた。

そういうものを、どことなく一歩引いたところで眺められるのは、怪我をして長く前線を離れていたせいか、それともただの部長特権か。

部長がチームを作り上げなきゃいけないのだとテンパっていた一年前。しかし、今こうしてチームを目の前にして、これを自分一人が作り上げただなんて到底思えない。迷惑をかけた。足を引っ張った。自分一人ではどうにもできなくて、結局色んなやつに助けられてここにいる。

部長になれと言われたとき、こんな気持ちになるとは思いもよらなかった。

——役得過ぎやしないか、なんて。

ちょうど森が相手のストレートを抜いてゲームを獲ったところだった。

「ナイスゲーム、森！　涼！」

ぐっと親指を立ててみせた森に、駆もニヤリとしてサムズアップを返した。


新海・森（藤ケ丘高校）6－4 VS菅原《すがわら》・神野《かんの》（大和第一高校）

凹

D1の試合に備えてアップ中、仁から電話がかかってきた。

『勝ってる？』

開口一番それだ。

「当たり前だ」

ぶすっと答えると、笑い声がする。

『調子いいのか？』

「別に、普通」

『最後の都立戦で〝普通〟か。相変わらずだな』

あまり仁らしくない言い方だなと思った。

「……おまえ、怪我は？」

琢磨がためらいがちに訊ねると、やや沈黙があった。

五月、仁は故障を抱えていた。知ったのは後になってからのことだ。インターハイ予選で小泉にストレート負けしていたから、どこか調子が悪いのかもしれないとは思っていたが、どうも右肩を少し痛めていたらしい。インハイ団体戦には出ていなかった。

もともとパワータイプで体に負担をかけやすい。体はかなりしっかりしているので派手に故障することはないが、目に見えないところで疲労が蓄積していって、たまにそれがぽっと表出する……仁はそういうタイプの選手だ。付き合いが長いからわかる。

『別に、普通』

おどけた返事が返ってきた。琢磨は顔をしかめる。

「おまえ、インハイ団体なんでエントリーしなかったんだ」

インハイ予選を無理して出ていたのだとしたら、痛み自体は四月くらいからあったのかもしれない。時期的にこれ以上無理ができなかった。それはわかっている。都立戦のためにもインハイ団体戦を捨てた。それもわかっているが——。

琢磨はもともとインハイよりも都立戦に重きを置いて戦ってきた。だから自分の気持ちはわかっている。だが、仁はもっと上を見られる環境にいるのだ。インターハイ出場、その先の全国優勝、それが狙えるチームで、それが狙える選手だと、琢磨は確信している。

そして仁は、負けず嫌いだ。

高みを目指す男だ。

都立戦とインハイの規模は比べるもない。

出られるものなら、インターハイ本戦で全国の猛者と競いたかったんじゃないのか……。

『決着つけるって約束したからな』

返答は予想外で、一瞬なんのことかわからなかった。

『おまえらとな』

藤ヶ丘と？

『っていうかおまえとな』

俺と？

『おいおい、宣戦布告したのはそっちだろ』

仁の声が呆れていた。

去年の秋のことを言っているのか。確かに夏は負けないと、琢磨には珍しく熱い気持ちで宣言した覚えはある。

『それにまあ、このチームでやるのも今年最後だからな。やっぱ三連覇しないとな。決勝必ずウチでやるからさ、山吹台にとってはやっぱ特別な大会なんだよ』

必ず上がってこいよ、と仁は言って電話を切った。

このチームでやるのも今年最後。

当たり前のことなのに、忘れていた。他のチームの三年生にとっても、今年は等しく最後だということ。さっき倒した大和第一だって……ああ、そうか。俺たちもとうとう、有終の美で終わりたいなんてことを、考えるときがきたのか。三年の夏を、嬉し涙で終われる選手は少ない。それは仁とて、例外ではない。

優勝で終わりたいなら、ウチが上がってくることなんて期待しなきゃいいのに。

それでも約束を果たそう、と言った仁の言葉に、なんだか無性に気持ちが昂るのを感じた。

一年のときの都立戦、スランプの後にやった駆との試合、こないだのインターハイ予選での天本との試合、仙石との試合、それから、松田との試合——自分でいいゲームだったと思っている試合の記憶が、ふっとよみがえってくることがある。だいたいそれは、試合中に訪れる。集中しているときほど、鮮明に思い出せる。

イメージでしかないが、たぶん、一番集中しているときにしか接続できない脳の領域があるのだ。

そのときの記憶は、大半がその領域に保存されている。
だから集中するほどに、いい試合の記憶を思い出せる。
イメージを重ねることができる。
極限の集中状態のことを、心理学用語で〝フロー〟と言う。
琢磨にとって、それは脳のあの領域に接続することと同義だ。
繋がった、と思う明確な瞬間はない。
気がつくとそこにいる。
「40－0」
審判のコール。
手の中にボール。
ネットの前に駆がいる。
相手の選手は二人ともベースラインまで下がっている。
琢磨はそれだけ確かめると、トスを上げる。
投げ上げるのではなく、そっと、置いてくるように。
そして空中に置かれたボールを、ただ打つようにラケットを振り出す。
自分の手元からボールが離れた瞬間、ぶわっと音声が認識される。けれどそのときには外野は静まり返っているので、結局聞こえるのは試合の環境音だけだ。相手がリターンを打つ音。それぞれのシューズがオムニの砂を滑らす音。自分の足音と、鼓動。

前へ、前へ。

ボールが呼んでいる。

声がするわけじゃない。もっと直接的に、まるで糸がついていて、自分の腕を引っ張るみたいに、吸い寄せられる。動かずにはいられない。走る。止まる。打つ。そしてまた、走る。

インハイからずっと、調子がいい。

技術的に、特別改善したことはない。

ただ、ボールが馴染む。

シューズが馴染む。

コートが狭く感じる。

どこまでもボールを追って、追い続けられそうに感じる。

三年目にして、今が一番強いと確信できる。

琢磨はボールを追う。相手を見る。一瞬駆の背中を見る。目は合わないけれど、確かにアイコンタクトを交わしたような感覚があった。

噛み合う。

三年目にして、今が一番噛み合っていると思う。

凸と、凹。

噛み合うと綺麗な長方形になるのだ。

テニスコートみたいに。

フィートで表記すると、美しい比率になっているのだと聞いたことがある。

自分たちのテニスも、そんなふうに綺麗な比率で噛み合っているだろうか。

――おまえらにはそれぞれ長所があって、武器があって、確かに今は凸凹コンビだろうけど、その凸と凹がキッチリ噛み合ったら、今度は藤ヶ丘の武器になるって思ってるから、組ませてんだ。そのための、場数なんだよ。わかる？　今日山吹台に勝てとは言わねえよ。でもいつかは、おまえらが勝つの、期待してんだよ。わかる？

いつかソラ先輩に言われた言葉。

ずっと鼓膜にこびりついている言葉。

俺たちは藤ヶ丘の武器になれているだろうか。

山吹台に勝つ〝いつか〟に、追いついただろうか。

「ゲームセット&マッチ」

試合終了を告げる審判の声に、もっと続けていたいと、場違いなことを思った。

「おまえ、集中してんのかしてないのかどっちなんだよ」

試合後に駆に文句を言われた。

「なにが？」

「なにが、じゃねーよ。試合中話しかけてもずっと上の空だしさ。そのわりに話はちゃんと聞いてるしプレーは神懸かってるし、でもやっぱぼーっとしてるし。いつもは集中しててもそんなぼけーっとしてないだろ」

「そうだっけか」

よくわからない。

ただ、確かに普段よりもぼけーっとしていたかもしれない。今までの試合が、やけに強く、鮮明に思い出されて、そのイメージに操られるようにラケットを振っていたら、いつのまにか試合が終わっていた。

試合中、ずっと頭の隅に引っ掛かっていた。

終わらないでほしい、と。

このまま試合が続いてほしい、と。

勝たなきゃいけないのに、場違いな気持ち。

なんとなく、別の会場の、別のコートで、別の相手と試合をしていたであろう仁が、まったく同じことを思っていたんじゃないかと思った。

「……試合前に、仁から電話があって」

ぽつりとしゃべり出す。

「なんかしゃべってたな。それで？」

「珍しく、ちょっとセンチだったんだよ」

「あの山神が？」

駆は片眉を吊《つ》り上げている。まあ、気持ちはわかるが。

「仁が、だ。あいつでも、〝これが最後〟なんて言葉、使うんだなと思ってさ」

「へえー」

駆も仁の故障は知っている。自分が故障していただけに、思うところもあるだろう。

「その最後の相手に、俺らを指名してるんだよ、あいつ」

「決勝までいけたら、だろ？」

「いくだろ、山吹台は。そんで俺らもこいって、そう言ってた」

ぶるっと琢磨は身震いした。それから顔を上げて、ニヤリとして、駆を見る。

「滾るだろ」

駆の顔にも、奇妙な表情が浮かんだ。たぶん自分と同じ種類の——恐れと、歓喜の入り交じったような、負と正の感情が同時に表出しているような、そんな顔。

ライバルと思っていた。でも向こうから、そう思われているかは微妙だった。何しろ藤ヶ丘はここ数年、一度だって勝っていない。

だが、仁にとって今年の藤ヶ丘は去年の決勝を戦った松耀以上に、決勝の相手にふさわしいチームなのだ。

そう思われていること、敵に信用されていること、そのことにどうしようもなく——奮い立つ。

「だったらなおさら、目の前の一本一本に集中だな」

駆が言ったのは、以前仁の幻影ばかり追いかけて空回りしていた頃の自分を憂慮してのことだろうが。

「大丈夫だ。試合にはこれまでになく集中できてる」

琢磨の返答に、駆はまっすぐに目を見て、それからゆっくりうなずいた。

その後、嵐山のS3勝利を以《もっ》て藤ヶ丘の勝利が確定した。

藤ヶ丘高校硬式庭球部、男子、一日目を突破！

3-4

凹

家に帰ってシャワーを浴びてから自室に戻ると、メールが何通かきていた。明日の会場の連絡、先輩たちから祝福の言葉、クラスメイトからのエール。

携帯をパタンと閉じる。

目を閉じて、窓から吹き込む夜風にしばらく浸る。

一日目が終わった。実感が今さらのように湧いてくる。勝ち残った。嬉しさよりは安堵《あんど》が強かった。

ラケットバッグを開けて、ラケットを取り出す。ガットの張り具合を確かめる。グリップテープの馴染み具合を確かめる。シャワーを浴びてせっかく綺麗になった手に、汗ばんだラケットのグリップはべたべたと吸いついたが、その感触に安心した。大丈夫。明日もやれる。

昨日の夜はあまり眠れなかった。今日も疲れているはずなのに、眠気はあまりない。それでも早めに布団に入るが、やはり目は冴《さ》えて眠れなかった。試合の前は、いつも眠りが浅い。目が覚めるのが早い。でも、寝付けないというのは、あまり覚えがないかもしれない。

メールを開く。

順番に返信していく。

長文になりそうなものを最後に残していったら、やはり藤村のメールが残っていた。そんなにメールをするわけじゃない。向こうからたまにくる。こっちからもたまに送る。お互いに長い文章で、一回ずつ。続くことは、あまりない。

『今日はお疲れ様！　男子は楽々突破だったみたいだね。女子もなんとか一日目を生き残りました。私は応援してただけだけど、本当にみんなすごかった。頑張ってた』

藤村は試合メンバーではない。ずっと必死に練習していたが、最後までレギュラーにはなれなかった。宙見がＳ１、河原がＳ２、二年の白石鮮花《あざか》が三番手で、ダブルスにはこのメンバーに一年の浅羽《あさば》が加わる。控えのメンツは当然いるが、藤村はそこにも名を連ねてはいない。

三年で、出番が得られないこと。一年が出ているのに——運動部では、珍しい光景ではない。それでも、きっとその悔しさは当人にしかわからない。僻《ひが》みや嫉妬もそうだが、たぶん藤村にとって一番悔しいのは——自分が力になれない、という思いだろう。

もちろん、そんなことはないのだ。自己評価の低い藤村はあまり自覚的ではないが、宙見や、河原が、どれだけ藤村の存在に支えられているか——実際、自分も支えてもらったことがあるからこそわかる。後輩の面倒見がよく、しっかり者で、細やかなことに気づける。体を動かすことになると途端にどんくさいのは否定できないが、それ以外のこととなるといつも機敏にテキパキと動いている。

そういう人間を、縁の下の力持ちなどと呼ぶのは失礼だ。

藤村はきちんと、縁の上にいる。

『お疲れ。男子もところどころ苦戦はしてたよ。少し冷や冷やした。女子部も一日目突破おめでとう。藤村が応援してることで、絶対選手は力もらってるから、あんまりそういうこと言うな。藤村も頑張ってる。だから明日も頑張ろう』

対面にしろメールにしろ、自分は言葉巧みなタイプじゃない。上手く言えているのかわからない。それでも伝わってほしいと思う。

藤村に、きちんと自分もチームのために頑張ったのだと胸を張ってほしいと思う。

暗くなった携帯のディスプレイをなんとはなしにじっと見つめていたら、なんの操作もしていないのに突然点灯して琢磨はびくっと布団の中で身じろぎした――なんのことはない、メールを受信しただけのことだったのだが。

『ありがとう。そうだね、卑屈になるのはやめる！　私にもできること、あるよね。今日も応援頑張ったつもりだけど、明日はもっともっと頑張ります。おやすみなさい』

ふふ、と声がして、それが自分の声だと一瞬わからなかった。

なんだかあまりに、自分らしくない笑い声な気がして。

そうだよ、藤村。

頑張れ、頑張れ。

すでに頑張っている人間に頑張れと言うのは酷な話かもしれないが、藤村に関してはどこまでも頑張れるやつだということを琢磨は知っている。だから、何度でも言おう。

『頑張れ、藤村』

いつ眠ったのかはわからなかった。

翌朝はよく寝たという実感とともにスッキリ目が覚めて、携帯を見るとメールが一通届いていた。

笑顔の顔文字が一つ。

差出人は、見るまでもない。

二日目の会場が男女で一緒になるのは、そういえば一年のときもそうだったなと思い出す。

会場で顔を合わせた女子部の面々は一様に少し強張った表情で、やはり二日目を鬼門として意識しているのだとわかる。そんな中、藤村が緊張をほぐすように選手に声をかけていた。もともとぼんやりしたところのあるせいか、耳にするとどこか落ち着く声をしている。こういうときに、ああいうぼんやりした子と話すのが一番緊張がほぐれるのかもしれない。それがチームメイトならなおさら。

一人だけ、ぽつんと外れたところで携帯をいじっている子がいた。青山だった。つまらなそうな顔をしている。なんとなく心境は察せるが、女子部の教育係は白石のはずだ。自分が口を出すのも違う気がして声はかけづらい。その白石はおそらく、試合前でテンパっているのだろう、藤村に泣きつきそうな顔でしがみついていた。

男子部はどちらかというと落ち着いている。三年が落ち着いているせいだろう。自分はともかく、駆や森は部長・副部長として泰然自若としているし、リョウは後輩の緊張を紛らわすように細かく声をかけて回っている。自分が無口なのはいつものことだ。さて、そろそろ試合に向けて集中しよう。

藤ヶ丘はウインドブレーカーは藤色だが、試合用のウェアは白を基調としたものだ。だが、今日の会場にはウインドブレーカーも紫色で、ウェアも紫色のチームが一つある。都立菫崎《すみれざき》高校。菫色のチームウェアで、かつては強豪と呼ばれた東京の東の方にある高校。ここ数年落ち目だったが、今年はまた強さが戻ってきているらしい。今日最初に当たる相手である。

要注意はS1の飯野《いいの》。インハイ予選ではかなり勝ち上がっているし、ダブルスも上手いと聞いている。おそらくリョウと同等だ。琢磨が調子を崩せば、足元を掬われる可能性は十二分にある実力者。

……いや。

琢磨は考え直す。

ここまでくれば、もうすべての相手がそうだ。

相手が誰であろうと関係ない。自分は自分のベストを、全力を尽くす。それが一番いいことはわかりきっているのに、余計なことを考えてしまうのは悪い癖だ。相手の実力なんて、考えたってしょうがないのだ。攻略法を考えるくらいはいいかもしれないが、一度もやり合ったことがなく、プレーも見たことがない相手の対策を立てるのも難しい。

それに、結局はコートでぶつかってみないとわからないのだ。

相手の、本当の実力なんて。その日その日で調子は変わり、相性もある。

やってみないとわからないのなら、自分にできることは、自分の百パーセントをぶつけることだけだ。

男子の試合の進行が少し遅れていて、女子の試合が先に始まった。駆は応援に行くことを強制はしなかった。こちらも試合前だし、特に選手は他の試合を観たりするとセルフイメージが崩れることがある。

それでも結局、ほぼ全員が女子部の応援に行ったあたりは、藤ヶ丘高校硬式庭球部というチームのカラーをよく表しているように思う。観に来なかったのは森と、嵐山だけだった。自分の試合に集中したい、という二人の気持ちは、誰も責めはしない。

以前だったら自分もそっち側だったのに、今日はずいぶんと余裕だな……と琢磨は自嘲しながら女子の試合に見入る。

　Ｄ２の試合は白石と浅羽のペアだ。二年、一年コンビということでどちらも若干緊張気味に見えるが、ベンチコーチとしてベンチに入っている宙見がその緊張をほぐすように明るい声をかけている。都立戦ではベンチコーチとしてチームメイトやコーチがコートに入ることが許されているが、次に試合を控えている選手が率先して入るのは珍しい。本来であれば、自分の試合に集中すべき時間だ。

「大丈夫なのか、宙見」

　たまたま近くにいた河原に訊ねる。

「止めたって聞かないもん。昨日から自分がフリーの試合は手当たり次第よ」

　河原は苦笑いだ。まあ、想像はできる。

「あの子の場合、結局前の試合気になって集中どころじゃないから、逆に気が紛れていいみたいよ。自分がどんなに集中できても、その間に自分の見てないところでチームメイトが負けたら、結局気持ちが沈んじゃうからって。後悔したくないんだってさ」

「あいつらしいけど、馬鹿だな」

「あら。次に試合を控えてる男子部のみなさん勢ぞろいで、人のこと言えるのかしら？」

「おまえもだろ」

河原だってアップする時間だろうに、フェンスに指をしっかり食いこませて、普段のクールな様からは想像もできないような枯れそうな声を張り上げている。

「私らは、男子ほど余裕じゃないからね。一試合一試合、いっぱいいっぱいだから。全力投球だから」

言ってから、琢磨が微妙な顔をしていることに気づいたらしい。

「ごめん。厭味ってわけじゃないのよ。ただ、それが客観的冷静に見た私らの実力。だから、ちょっとだって手は抜けない。応援も、ベンチコーチも、試合もね。それだけのことだよ」

「……」

前に、駆が言っていた。

――負けた試合の後に応援ありがとう、って言われたらさ、なんて返してやればいいんだろう。

一年のときだ。女子部が負けたあの試合。琢磨もよく覚えている。

駆は、たぶんもどかしかったのだ。応援しかできない自分が、もどかしかった。だけど自分たちがもっと応援を頑張っていれば勝てたのに、みたいにも思いたくなかったのだろう。

女子部が試合も、応援も、それまでの練習も、全力で頑張ってきて、それで届かなかった結果に、男子部がちょこっと応援を頑張ったら届いていた──みたいな、そんな外部的要因でどうにかなるくらいなら苦労はしない。

俺たちの応援なんて、ほんの一パーセントだ。力にはなるかもしれない。だけど、それによって凄まじいほど結果が左右されることは、きっとない。

昨日藤村に、藤村の応援で力が出る、なんてことを言った矢先に、こんなことを思うのはなんだか矛盾しているのかもしれない──いや、もしも今日この場に藤村がいなかったら、女子部にとって勝率が十パーセント単位で下がることはあり得るか。だけど男子部の存在はそうじゃない。それが現実だ。

……現実だけど。

「俺らもたぶん、後悔したくないんだよ」

琢磨はぽつりとつぶやいた。

そう。

結果が変わることはないかもしれない。

だけど、何かが変わるかもしれない。

ほんのちょっとしたこと。奇跡が起きる可能性を、ゼロコンマ1％でも潰したくない。そんな気持ち。

「……ありがとね」

河原がつぶやくように言った。琢磨は何も言わなかった。

女子のD2が無事勝利をおさめ、宙見と河原のD1の試合が始まったところで、嵐山が呼びに来た。前の試合がそろそろ終わる。駆がリョウに何か言って、嵐山と一緒に帰した。アップをさせるのだろう。D2の試合が一番最初だ。駆は他のメンバーにも声をかけて、嵐山たちのところに戻るように言っていたが、自分はなかなかフェンスから離れようとはしなかった。女子の試合が気になるのだろう。そしてそんな駆を待つフリをして、琢磨もコートのそばに残っている。

「行かなくていいんですか？」

声がしたと思ったら、青山が隣に立っていた。今までどこにいたのだろう。そういえば見かけなかった。

「おまえ、ちゃんと応援してるのか？」

青山は変な顔をする。

「そんなに大事ですかね、応援って」

こいつなら言いそうだな、というセリフを、平然と言ってのけるやつである。その口調で、昨日も大してきちんと応援はしていなかったのだろうなと思った。今日しゃべった藤村や、河原の声は少し枯れていた。明日にはもっと枯れているだろう。男子だってそうだ。でもこいつの声は——普段とまるで変わらない。

「昔は俺もそう思ってた」

琢磨は静かに過去の自分を認めた。

あまり意味があるとは思っていなかった。結局テニスは孤独のスポーツだ。コートの中では誰の力を借りることもできない。文字通り自分との戦いだ。焦りやプレッシャー、緊張——それらを押しつぶして、いかに普段通りのプレーができるか。そのために重ねてきた気が遠くなるような練習たちを、メンタルの崩壊一つで容易く無駄にすることができてしまうスポーツだけに、自分自身をいかに律することができるか、その戦いは自分の中で完結してしまうことも多い。

——だが。

「団体戦はさ。一人じゃないんだなって、コートに立つとよくわかる」

青山がこっちを見ているのはわかったが、琢磨はコートの中を見ていた。宙見がサーブを打って、河原がポーチを決める。

「ナイスボレー河原！」

突然声を張り上げた琢磨に、青山がびくっとしたように身をすくめた。

「……先輩でもそんな声出すんだ」

「出すさ。応援だからな」

少し苦笑いしながらそっちを向くと、青山がぴくっと一瞬固まって、それからあからさまに目を逸らした。

「あんまりチームに馴染めてないだろ」

「……そんなことないです」

「テニスやりたかったんじゃないのか？」

「やりたかったですよ。テニスがやってみたかったんです。応援とかは、別に」

「テニスってさ。ラリー中は声が出せないんだ。だからポイント獲ったときだけわーっと声出すだろ。ラリーが長くなると見てる方もしんどくてさ、早く相手ミスれーとか思っちまう。でもそういうときに選手が強気に攻めてリスク背負いながらもポイント獲ったりするとさ、ミスを願ってた自分が恥ずかしくなるんだよ。ああ、自分はコートの中にいないのに、選手の方がよっぽど勇気があるって。それで、そういうポイントのあとは特にギャラリーは沸くんだよな」

苦しい場面で相手のミスが欲しいのは選手も同じだ。むしろ、選手の方がよっぽど強く思っている。それでも、相手のミスを願っているうちはダメなのだ。自分から行かなければ、チャンスの女神は前髪すら見せてくれない。

「応援してたはずなのに、勇気づけてたはずなのに、まるでコートの中からエールをもらうみたいな感じさ」

青山が横顔をしかめた。

「なんですか。クサいこと言って。似合わない」

「そのうちわかるようになる。きちんとテニスが楽しくなったら、絶対わかる。理解できる」

「……アタシには無理ですよ」

青山にしては弱気な声だった。そういえば今日は、いつもの余裕を含んだ間延びした口調を聞いていない。

「なんか、世界が違うなーって思っちゃったんです。宙見先輩とか、普通に話したらすごくいい人で、楽しい人で……でもコートに立つとまるで別人なんです。すごく厳しいし、自分にも厳しくて、いつもしんどそうで、見ててつらいです。昨日も今日も、自分の試合あるのにあんなに声出して応援して……藤村先輩だって、三年生で試合出られなくて絶対悔しいでしょ。自分を押しのけて試合に出てる白石先輩とか浅羽の応援、なんであんなに必死になれるのか、アタシ全然わからない」

琢磨は笑った。

その気持ちは、わからないようで、とてもよくわかった。

「それは青山が、まだテニスに夢中になってないからだよ」

青山がこちらを見た。泣きそうな目だと思った。

「おまえ、結構真面目なんだよ。だからそんなに色々考えちまう。けど、今はとりあえずなんも考えないで、全部必死に全力でやってみろ。そしたら見えてくるもんもある。最初から全部に意味を求めようとすると、泥沼だぜ。俺がそうだったし、駆がそうだったから」

藤村が自分と青山が話しているのに気づいたようだ。こっちに歩いてくる。あとは女子部の問題だろう。自分にできるのはここまでだ。

「それがわかるの、俺も結構時間かかったから。でも青山は俺より頭良さそうだし、俺より早くわかるよ。そしたらたぶん、ちゃんと心から応援したいって思えるようになる」

手を伸ばしてぽんぽん、と頭を軽く叩くと青山がぷいと目を逸らした。今はこれが限界かもしれない。それでもこいつは、部を辞めはしなかったし今日も応援に来ている。十分、見どころはある。宙見や藤村たちから、きちんといろんなものを受け取っている。それなら、この先もきっと大丈夫。

「曲野くん……」

心配そうに声をかけてきた藤村に、笑って頭を振った。

「あとは任せる。俺、試合あるから」

それからフェンスに引っ付いて離れない駆の肩を引っつかみ、チームのところへ戻った。

菫崎との試合は今大会初めてD2が落とした。リョウと森が負けたのだ。僅差だった。調子は決して悪くなかったし、相手がよかった。それでもチームの士気はやはり落ちたし、今までD2を落とさないでいてくれたことがどれだけ力になっていたのか、改めて実感する。

「ワリィ。粘り切れなかった」

リョウが苦い顔で謝ってくるのを、琢磨は手で制した。

「謝罪はいらん。応援をくれ」

と駆が言い、森が苦笑いする。

「悪いな、プレッシャーかけて」

「ねえよ、そんなもん」

琢磨は鼻を鳴らす。強がりでも、今はそう言っておきたい。

菫崎のD1には飯野が入っている。アップですぐにわかったが、こいつは俺に近いタイプだ。サーブが上手く、タッチがいい。ダブルス向きの選手だ。ストロークが弱いわけでもなく、バランスよく技術は高い。もう一人のペア、喜佐《きさ》はシコいイメージだ。ミスが少なく、堅実。シングルスでは厄介な相手になりそうだが、ポーチには出てこないだろうなと見当をつける。

「喜佐狙いだな。飯野後衛のときは並行陣でくるだろ」

駆に言ったつもりだったが、聞いていなかった。右腕を何やら揉んでいる。

「どっか痛いのか？」

駆が弾かれたように顔を上げた。

「いや。でもやっぱまだ違和感あるなあって思って」

誤魔化しているふうではなかった。だが、念のため頭の隅に留《とど》めておく。

「無茶はするなよ」

「わかってる」

オーダーはすでにS2を駆で出してしまっている。ここで駆が棄権となれば、必然的にD1とS2を落とすことになり、藤ヶ丘は負ける……。

嫌な予感にぞっとなったが、それでも頭は冷静だった。

コイツの腕を犠牲にしてまで獲るべき勝利などない。それは、たとえ悲願の都立戦優勝を逃すとしても――。

「無理そうだったら遠慮なく言え。ダブルスは二人いるんだから、俺がちょっと余分に打つくらいのことはできるからな」

「へーへー、わーってるよ。大丈夫だっつの」

駆はなんだか一年の頃みたいな拗《す》ねた口調で言うと、わざとらしく右肩を大きく回した。

凸

気にしていたのは、腕の違和感だけではない。

途中までしか見られなかった女子部の試合の結果が、頭の隅に引っ掛かっている。

他人のことを気にするほど、余裕があるわけじゃないのに。けれど、宙見の必死な姿、女子部の必死の頑張りを見ていると、なんとか勝ってほしいと思わずにはいられなかった。三年間、同じコートでその頑張りを見てきただけに。

宙見のショットのイメージが、少し頭に残り過ぎたかもしれない。

試合が始まってすぐ、フォアが変になっていることに気がついた。当たりが厚過ぎる。フラット気味になっている。普段はもう少し山なりに飛ぶはずのボールが、やたらネットスレスレを掠めていき、自分でも冷や冷やする。結果的にそのボールが相手にとっては打ちづらかったようで、最初の2ゲームを先行した。しかし、2－1となってチェンジコートの際に琢磨に釘《くぎ》を刺される。

「弾道低いぞ」

相変わらずよく見てんな。

「ポイント獲れてるからいいけど、そこまで攻める必要はない。ラリーで打ち合ってくる相手じゃないしな。こっちにミスが出始めたら徹底的に粘ってくるぞ、あいつら」

そういうタイプの相手だということは、確かにこの数ゲームで感じている。飯野の方は要所要所で前に出てきてプレッシャーをかけてくるが、喜佐の方がそもそも前衛ポジションにすらいない。飯野サーブのとき以外は、必ず後衛スタートだ。典型的なシコラーだということは一目でわかった。しかしボールコントロールはいいので、ポーチに出放題というわけにもいかない。厄介な相手だ。

取られた1ゲームは飯野のサービスゲームだった。これから琢磨のサービスゲームなので、ここは獲れるだろう。問題は、駆のサービスゲーム。必然的にずっと後衛なので、ストロークを打つ機会が多くなる。上手く普段通りに調整しなければならない。ここで勝っても、シングルスやこの後の試合に不調を引きずるわけにはいかない。

「長引くな」

琢磨がぽつりとぼやいた。

確かにそんな予感だった。

3－1で回った喜佐のサービスゲームあたりから、リターンが入らなくなった。フォアのイメージが修正できない。つい先日、ブランクから脱したばかりのストロークは、まだセルフイメージが完全には固定されていない。だから思い出そうにも、どうやって打っていたのかがわからない。自動化に任せ過ぎて、自分の意志で修正しようとすると上手くハマらないのだ。意識しなければ打てる。おそらく。だが、意識しないようにするという行為自体が、すでに意識してしまっている。

集中にとって最大の敵は、雑念だ。その雑念に、完全に憑りつかれてしまった感じだった。

経験からわかる。

まずいな。これは試合中には戻らない。

結果的に喜佐のサービスゲームを落とした。これで3－2。そしてこの局面で、駆のサービスゲームが回ってくる。

調子が悪いことはコートの外からもわかるのだろう。藤ヶ丘陣営に若干不穏な空気が漂っている。そんな中、森と涼の声援は昨日の借りを返す、とでも言いたげに大きく、力強く、駆の背中を押してくれているが、それでもこのプレッシャーをはねのけるほどではない。

無意識にまた右腕を揉んでいた。

腕のせいにしようとしている自分がいる。

あー、今日はなんか腕が変だな。調子出ないなー、と頭の中で怠惰な自分が大きな声でつぶやいている。

ちげーよ、と自分を律した。

腕のせいじゃない。

宙見のせいでもない。

これはブランクを取り戻すために突貫工事を行った副作用だ。

練習不足。それだけのことだ。

「琢磨」

駆はパートナーを呼んだ。琢磨が静かな顔で見返してきた。

「長いラリーすんのキツイかも」

その先に続ける言葉もあったが、琢磨は皆まで聞かずにうなずいた。

ああ。

言葉にしなくても伝わるって、なんか気持ちいいな。

少し気持ちが落ち着いて、なるべく普段通りのイメージを思い浮かべるようにしながらサーブを打った。

琢磨が積極的に――ややアグレッシブ過ぎるほどに――ポーチに出てくれたおかげで、駆のサービスゲームは短く終わった。キープして4－2。飯野のサービスゲームは今の駆の状態でブレークは難しいと考え、琢磨は駆に対してとりあえず返せばいい、とだけ言った。リターンは半分以上ミスったが、少しストロークの感覚が戻ってきた気がする。途中でコートの外に女子部が現れて、宙見がブイサインをしてきたので勝ったらしい。それでメンタルはだいぶ落ち着いて、だいぶ普段通りのボールが打てるようになった。

4－3で回った琢磨のサービスゲームは、鬼神のような琢磨のサーブがバスバスとコーナーを打ち抜きあっという間にキープとなった。これで5－3。サーブは再び喜佐だ。

最初のリターンの瞬間だった。右腕に今までで一番強烈な違和感が走った。

肘だった。

それはもはや違和感と呼ぶにはあまりに明確な――痛みだった。

激痛ではない。それでも確かに痛みと自認しうる――鈍痛。

なんだ？

肘やっちまうような打ち方してたか？

激痛じゃないということは、故障ではない。負担がかかってる？

折れた右腕を庇って、肘に負担をかけている？

ありえない話じゃない。

相手が返球をネットにかけたので、駆は何食わぬ顔で前衛ポジションについた。無茶をするな、と琢磨には言われている。これは無茶に入るだろうか。あと三ポイント獲ればひとまず勝ちだ。そこまで黙るのは、無茶だろうか。

琢磨がリターンで相手ストレートを華麗にすっぱ抜き、コートの外が沸いた。あと二ポイント。

喜佐がサーブを構えた瞬間、フォルトを願っている自分に気がついて失笑した。打っていないとき、肘に痛みはない。とりあえず。さっきはインパクトの瞬間にズキっときたから、おそらく何らかの負担がかかっているのは間違いない。

だから早めに終わらせたい気持ちがあるのは確かだ。

でもここで、相手のミスを願うような気持ちでいたら、弱腰になる。

結果的に、余計試合が長引く。

そうしたらそれこそ、無茶をしなきゃいけなくなるかもしれない。

ダメだ。

ここは強気にいこう。

強気に獲りにいく。

それでもだめだったら、琢磨には言う。あとはあいつの判断次第だ。

だから今は。

忘れろ。

サーブ来い。いいサーブで来い。絶対返してやる。

ここで、決めてやる。

ぎゅっとグリップを握りしめ、喜佐のインパクトの瞬間にスプリットステップ、一歩中へ入る。サービスボックスの右側でバウンドしたサーブは、ギリギリ、イン。

いいサーブだ。

ニヤリとしている自分がいた。

フォルトを望んだままの自分だったら、返せなかったかもしれない。

だが、それは待ち望んだボールだった。駆は右腕を振る。

思いきりよく振る。

肘に痛みはなかった。

リターンはセンターを貫いた。

「前！」

そのままネットへ出る。琢磨もネットに詰める。喜佐はバックハンドでロブを上げたが——浅くなった。駆寄りのボールだったが、琢磨が「オーライ」と叫んだので任せた。

すぱっ、綺麗なスマッシュだった。

さすがに喜佐も拾えなかった。

マッチポイントは喜佐がダブルフォルトし、藤ヶ丘はD1を6-3で勝ち取った。


「若干、肘、変かも」

試合後に恐る恐る申告すると、琢磨が鬼のような形相で振り返った。

「いつから!」

「あー、終盤終盤。でも一回ピリッときただけ。腕庇って負担かけてんのかも」

「見せろ」

と言って、あちこち駆の肘をいじくりまわしながら「ここ痛むか?」「ここは?」としつこく聞いてくるので痛くねえよ、と叫んで逃げる。

「肘?」

騒ぎで気づいたか、涼がやってきた。

「わからん。当人は痛くねえって言い張ってるけど。でも違和感はあるんだろう?」

「その違和感が思い込みかもしれないけど、それでたぶん腕を庇ってんだとは思う」

「どうする？　この試合のオーダーはもう出しちまってるから、変えられないぞ」

リョウが言うが、琢磨は首を横に振る。

「無理する必要はない。S3嵐山だろ、嵐山が勝ったら棄権しろ」

駆は目を丸くしたが、涼は苦笑いだった。

「S1は絶対勝つから心配するなってさ」

駆も苦笑した。まったく頼もしいエース様だことで。

試合はS3を嵐山が危なげなく獲り、S2は駆と喜佐の試合だったが駆はこれを棄権した。正直、シコラーの喜佐との試合は長くなるだろう。避けられたのはほっとした。

トータル2－2で回り、団体戦としての決着もかかったS1の試合は、しかし一方的だった。飯野は涼レベルの強者だと琢磨自身からも聞いていたが、まるでものともしない琢磨が6－2で一蹴、藤ケ丘は次の試合へと駒を進めた。

「腕大丈夫？」

昼飯を食べながらまた腕を擦《さす》っていたら、宙見に訊かれた。

「ああ、たぶん。でもとりあえず次のオーダーからはシングルスは抜いてもらった」

登録選手は八人いるので、駆を除いて他の選手を出すことは、登録順を入れ替えたりしない限りルール上問題ない。次の試合からはS3に嵐山が入り、S2に涼が入る。本来S3は涼だが、嵐山に経験を積ませる&涼を温存する意味でずっとS3に嵐山を入れてきたことが、ここにきていい意味で効果を発揮しそうだ。

「試合終わったら病院行きなよ」

「ん」

そのまま宙見がストンと隣に座った。なんだか少しぼーっとしている。

「疲れてない？」

と訊ねると、宙見が淡く微笑んだ。

「そりゃあね。二日目だし」

というより、宙見は人一倍動き回っている。ベンチコーチをやり、自分の試合をやり、応援をやり、男子部の応援でも声を張り上げている。疲れないはずがない。

やめとけよ、と言いそうになったが、駆はそれをぐっとこらえた。

宙見がそうしたいのなら、そうさせるべきだ。それで体力を使い果たして負けるようなヘマ、後悔を嫌う彼女がするはずがない。体力配分は考えているだろう。きっと、かなりのギリギリで。それでも宙見がもっと思ったのなら、そこに口を挟むのは無粋だ。

「応援ありがとな」

思いついてそう言うと、宙見がにこっとした。

「勝った試合の後にそれ言われると、素直に嬉しいね」

「だな」

負けた試合の後にそれを言われると、なんと返していいかわからない。駆も、そして宙見も、散々経験したことだ。

木陰にいても、暑さはじわじわと肌の上を上ってくる。蟻みたいに。実際登ってきていた蟻をつまんで地面に戻してやりながら、宙見がぽつりと言った。

「あのさ、進藤くん」

「なんだよ」

「駆って呼んでもいい？」

「え？」

真顔で訊き返した。

突然宙見ががばっとこっちを振り向いて、人差し指を突き付けてきた。

「あのね、応援のとき進藤くん！　って呼ぶの長いの！　七文字も叫ばなきゃだもん。駆！　なら三文字で済むじゃん？　省エネ省エネ」

にこり、と笑う顔は少し赤いが、たぶん暑さのせいだろう。

「ああ……応援のときね。いいよ。曲野のことも琢磨でいいし、森のことも直也《なおや》でいいし、新海のことも涼でいいよ」

オレが許可する、とえらそうに言うと、やったーと笑って前髪をいじった。

少し前まで髪が長く伸びて、練習中ポニーテールにしていた宙見が、都立戦を目前にして昔みたいなショートカットに戻した。相変わらず前髪をピンでとめているので、今日も白いおでこが見えている。汗で光っている。

「短い方が、似合うな」

何の気なしに言ったら、宙見は一瞬動きを止めて、それから駆の頭をまじまじと見た。

「駆は、黒似合わないね」

あれ、と思う。

その呼び方は、応援用じゃないんだっけ。

「さて。そろそろ行きますかっ」

タイミング悪く立ってしまった宙見に、その真意を問いただす暇はなかった。

午後一で女子の試合が入り、駆は再びフェンスに張り付いて琢磨に呆れられた。しようがねえだろ。気になるんだから。男女が同じ会場ってのも考えものだな。

「フジコウファイトーッ」

妙に甲高い声で叫んでいるのは、青山だ。そういやあいつ、さっきいたっけ？　まあ、なんにしても声出してるのはいいことだ。乗っかるように駆もだみ声を張り上げる。コートの中ではベンチから宙見が声を張り上げている。

今戦っている相手は、河原の認識では格上らしい。僅差らしいが。D2は押されていた。白石と浅羽のペアは上手いのだが、勢いが弱い。相手の三年生はどちらも押せ押せテンションで威圧してくる。そのテの選手が少ない藤ヶ丘ではあまり耐性がつかないので、試合慣れしていない二人にはやりづらい相手なのだろう。

それでも宙見が必死に支えている。

コートの中に、三人目がいる。

どんなにか心強いだろう。

ましてやあの宙見なら。

白石と浅羽は下を向かない。

必死に食らいつき続ける。

駆もいつしか声が枯れるほどに叫んでいた。

貧相な語彙で、何度も同じ言葉を繰り返す。コートの外があまり切羽詰ってしまってもプレッシャーになるものだが、今回は相手陣営の声援がめちゃくちゃでかいので、それに張り合うように応援合戦になる。選手を委縮させてはダメだ。その思いで藤ヶ丘は一丸となって声を張り上げる。

それでも——届かなかった。

D2は4－6。

藤ヶ丘の、敗北に終わった。


負けた直後の二人に明るい言葉をひとしきりかけて、宙見はコートの外に出てきたかと思うと自分のラケットバッグを背負い直し、すぐコートへ戻っていった。その後ろに河原が静かに続く。

「あいつ、大丈夫かよ……」

さすがに心配になる。

ろくにアップも取っていない。休みも——あいつが大丈夫だと思っているなら大丈夫だろう、なんて思ったくせに、いざ目の当たりにしてみるとぞっとするほどに休みなしだ。

せめてぶっ倒れるなよ、と祈る。

日差しは強い。少しは曇ればいいのに。

アップが始まって、駆は自分の喉がからからに乾いていることに気がついた。

「進藤くん」

声をかけられたと思ったら、藤村だった。ペットボトルのスポーツドリンクを差し出していた。

「応援してくれるのありがたいけど、自分たちの試合もあるから、ほどほどにね。水分摂って」

「ああ……ワリィ。サンキュ」

ありがたく受け取って、喉に流し込む。

それからまた、食い入るようにコートを見つめる。

まぶしい。

まぶしい夏の日差しが、ハードコートに反射している。

コートの中の温度は、きっとコートの外より何℃か高いのだろう。ハードコートは照り返しが一番きつく、夏場に焦熱地獄と化すことで有名だ。

ああ、試合が始まる。

「おまえ、そんなんで最後までもつのかよ」

隣で森が呆れ顔で言った。

「うるさい」

もう試合のことだけだ。この試合さえ勝ってくれれば、もうなんでもいいとさえ思う。

試合は拮抗《きっこう》した。ほぼ互角。キープキープの展開。

3－3になったところで、嵐山が呼びに来た。前の試合が終わったらしい。今度は指示を出すどころではない駆に代わって、森が男子部に撤収を命じていた。次の試合に向けて。森が声をかけてくる。

「部長さん。ほどほどにしろよ」

「わーってる」

「わーってなさそうだなあ……藤村、悪いんだけどコイツ」

「うん。そっちのアップ始まったら連絡して。ひっぺがして連れていきます」

何やら不穏な会話が交わされていたが、ろくに頭には入ってこない。

宙見のサービスゲームだった。

ここをキープできないと苦しい。ずっとキープキープできている均衡が崩れるし、こういう試合でその均衡が崩れると流れが一気に傾きかねない。

宙見の調子は悪くなさそうだ。だが、疲れは確実にあるだろう。何しろこの暑さで、宙見はあのコートにすでに丸々一試合分いたのだ。他の三人とは疲労のレベルが段違いのはずだ。

「まず一本!」

それでも宙見は、自ら声をあげる。枯れた声で、人差し指を立てて。河原が応える。応援が声を連ねる。ああ、こいつは本当に〝部長〟だなと思う。自分とは違うタイプ。

やっぱり兄妹か。ソラ先輩と、本当によく似ている。

ファーストサーブ。ずいぶんと大きくフォルトになった。

セカンド。

ネットにかかり、ダブルフォルトとなった。

「ラッキーラッキー。これ活かしていこー! 相手疲れてるよー」

そんな声が相手陣営から聞こえる。

河原が宙見にボールを渡しに行った。何か話している。宙見はうなずいている。だが、やはり表情が少し険しいか……。

「宙見、河原、まず一本ーッ」

駆は声を張り上げる。

なんだこの男は、という目で相手校の応援陣に睨まれるが、知ったことか。うちはチームだ。男子も、女子も、関係なく、藤ヶ丘高校硬式庭球部というチームなんだ。

宙見がサーブを打った。

今度は入る、が、相手のリターンがいい。

宙見のストロークが少し詰まった。その隙に相手が二人ともネットに上がってくる。

ぽん、と河原の足元を抜くように綺麗にポーチが決まった。

「0－30」

相手陣営がどっと沸き上がる。見せつけるように、鼓舞するように、大声で声援を送る。

宙見は自分の膝に片手をついて、汗を拭っていた。足が震えているように見えた。

大丈夫か、あいつ……河原が声をかけている。ずいぶん長いことしゃべっているのは、少しでも休ませようとしているのか。河原はああいうところで、気の回るやつだ……。

ああくそ。

もどかしい。

本当に応援って、できることねえな。

ただ声かけるだけなのか。体力、貸してやれるものなら貸してやりたい。代われるものなら代わってやりたい。

なんて言ってやればいいんだ。

一発で元気が出るような。そんな魔法の言葉。

体力が湧いて、気力が回復して、急に動きがよくなるような、そんな奇跡みたいな言葉。

宙見なら、同じ状況でなんと言ってくれるのだろう。

——駆。

ふっと、さっき呼ばれた自分の名前がリフレインした。

そういえば、自分は許可を取らなかったと思う。

応援のとき、宙見じゃなくて、光《ひかり》と呼ぶことの。

駆は応援のときさん付けをしない。そもそも宙見に対してさん付けはしていない。

だからどっちにしても、同じ三文字。関係ない。

関係、ないけど。

「光ーっ！　踏ん張れーっ！」

気がつくと、そう叫んでいた。

コートの中で、光がぱっと顔を上げて、駆と目が合った。

夏の空を映して、青く見える瞳。いつも大きく、真ん丸に見開いて人を見るその目。

にっと笑ったように見えた。

ああもしかして。

魔法の言葉は、あったかもしれない。


その後途中で藤村にフェンスから――文字通り――引き剝がされて、駆は男子部の方へ戻った。試合はＤ２が順調に勝利し、琢磨と駆のダブルスも勝利を収めた。肘に痛みはなかった。ときどき腕が突っ張るような、違和感のせいで、いまいちフルスイングができていないような感覚はあるが、試合自体は問題なくできる。

Ｄ１が終わったタイミングで女子部が来て、駆は思わず宙見の顔色を窺《うかが》った。

宙見はしばしまじまじと駆の顔を見た後、おもむろに右手を掲げ……、渾身の、ブイサイン。

にんまりして。

「応援ありがとう、駆」

言われて、なんだか涙が出そうになった。

「冷や冷やさせんなよ、バカ光」

たぶん照れ隠しだとバレバレだったのだろう、森、涼、河原にニヤニヤされ、琢磨と藤村に苦笑された。

Ｓ３の嵐山が今大会初敗北を喫したが、Ｓ２で涼が勝ってくれた。

男女ともに二日目突破！

5-5

凸

医者に診てもらったが、肘に問題はなかった。

「まあ、そうだね。違和感があるというなら、たぶん骨折したのを無意識に庇ってるんだろうね。実際、疲労は溜まってるみたいだしね。あんまり無理するとイップスになるかもしれないから気を付けること。できればテニスはしばらくしないのが好ましいけど……まあ、高校生にこんなこと言っても無駄かね」

初老の整形外科医は高校生運動部の扱いには手慣れているのか、半ば諦め気味にそう言って一応痛み止めを処方してくれた。本当にやばかったら止めるのが医者だ。だから、あの程度の言われようで済んだのなら大丈夫ということだろう。

その夜、仁からメールがきていた。

『待ちかねたぜ』

短く、一言。それだけ。

それだけで、一日目に琢磨が言っていた言葉の意味は理解できた気がした。

――滾るだろ。

確かに。

こいつもわざわざ敵に塩を送るようなこと――いや、それが王者の自信というやつか。誰が来ても、三連覇は譲らない。力強く主張するかのような、短い宣言。

『明日こそぶっ飛ばす』

そう返して、携帯を閉じる。

三日目だ。

いよいよ。

準決勝で、松耀と当たる。今年はやばい双子がいると聞いた。新しく入った一年らしいが、D1らしい。仙石と川島を差し置いて、ということだろうから、相当だ。

そしてそれに勝てば――決勝で、山吹台と当たる。

今のところ、やつらは一試合も落としていない。全戦全勝で、ここまで勝ち上がってきている。個々の試合のスコアも基本的に圧勝だ。特に山神は、ここまでの試合で合計十ゲームほどしか落としていない。D1とS1を合わせてその数値なのだから、大概の試合をスコンクで一蹴している計算になる。

「まったく、怪我してたんじゃねえのかよ」

呆れたつもりの声には、自分でもわかるほどに賞賛が滲んでいた。

そして、少し悔しく思う。

S1でやっとやるのは琢磨だ。

部内戦で、駆は琢磨に勝てなかった。スコアは4－6。だが、完敗だった。ブランクがなければもっといい試合ができたかもな、と琢磨は言ってくれたが、そうは思わない。現時点で、これがオレとやつとの明確な差。そしてそれはそのまま、山神との差でもある。

けど、いつか。

山神や、琢磨と、対等にやり合えるようになりたい。

駆の高校テニスは、結果がどうあれ明日終わる。

けど、駆のテニスそのものは終わらない。これからも続いていく。大学で続けるのか、あるいはどこかのスクールに入るか、サークルをやるか……趣味程度になるかもしれない。それでも、テニスを辞めることはないだろう。そしてテニスを続ける限り、あいつらとの戦いが終わることもないだろう。

だけど確かに明日、一つの決着がつく。

決着をつける。そのために、ここまできた。

勝つ。今度こそ、絶対に。


三日目の朝。会場は因縁の山吹台高校。

プロテニスの最高峰――グランドスラムと呼ばれる四大大会の中でも、特別に格式高く神聖視されている大会がある。

ウィンブルドン。

イギリス、テニスの聖地。天然芝のセンターコート。

だけど東京の高校生である自分たちにとって、聖地はそんな遠い場所じゃない。

ここだ。

この、人工芝の四面コートが、オレたちのウィンブルドン。

すべてが始まり、そして終わる場所。

やっときた。きたぞ。

気持ちが昂る。叫び出しそうになるのをこらえて、深呼吸する。夏の午前の空気は、少しひんやりとして冷たい。空模様は若干曇り。雨予報もあるが、たぶんもつだろう。降ってもすぐに止《や》むはずだ。

さすがに緊張感があった。

ここに残っている高校は、軒並み強豪だ。優勝候補筆頭・山吹台高校、昨年準優勝・松耀、昨年ベスト4の北野台を破って上がってきたダークホース・萩浦《はぎうら》、そして都立藤ヶ丘高校。昨年までは三日目は準々決勝からだったが、今年は参加校と進行の都合で三日目に残った学校は四校のみだ。

準備をしていたら、ＯＢが駆けつけてくれた。ソラ先輩にサメ先輩、ポチ先輩、獅子田先輩、西先輩、手嶋先輩……他にも、たまに練習に来てくれたさらに上のＯＢや、女子の先輩たちも……。

「なんで今日だけ観にくるんすか。昨日負けてたらどうするつもりだったんですか」

森がずけずけと文句を言っているが、ソラ先輩はしれっと言う。

「勝つだろ。優勝目指してるんだし。それに、今年はここ三年で一番強いっておまえが豪語したんだろ？」

おれたちの代、サメたちの代で三日目残ってるのに、それより強いはずのおまえらが三日目残らないはずがないからな、と信用しているんだか冗談なんだか……でもどっちにしろ、嬉しい。心強い。

「今回は大丈夫かよ、曲野。今の内に教えておいてやるけど、決勝は8ゲームマッチだからな？」

サメ先輩に言われて、琢磨は仏頂面だ。

「わかってますよ。インハイの二の舞にはなりません。っつか、一日の試合数だけならインハイより多いですから」

「ま、それもそうか」

頑張れよ、見てるからな、と先輩たちは応援場所を陣取りに行った。駆は気持ちを奮い立たせ、円陣を呼びかけた。


試合前にトイレに行ったら、山神がいた。

「げ。おまえ髪黒いじゃん」

開口一番それである。そしてかくいう山神の頭は、いつも以上に金ぴかである。

「おまえ、最後までそれなのな」

「都立戦の前日に染め直した。っていうかおたくはなんで黒くしちゃったわけ」

「気合い入れた」

「気合入れるなら金にしろよー。金ぴか対決できたのに」

「おまえとやるのは琢磨だよ」

「ダブルスあるだろダブルス」

山神は上機嫌だ。怪我のことに触れてみようかと思っていたが、聞くだけ野暮のようである。

「そっちは準決勝でダークホースの萩浦だろ、そんな余裕ぶってて大丈夫なワケ？」

「相手じゃないね。言っとくけど、今のウチはめちゃくちゃ強いぜ」

常に自信満々の山神が、さらに自信を込めて言う。

それは決して強い口調ではなかったが、駆にはビリビリと凄まじい威圧感で迫ってきた。

こいつは、本気で思っていることしか口にしないタイプだ。こいつがそう断言するってことは、今の山吹台はマジで強え。ま、わかりきってることだ。

「ところでおたく、まだ故障中？」

駆は首を傾げた。

「いや、昨日何本かシングルスサボってたでしょ」

「サボってねえよ。まあ、肘に違和感あったんだけど、医者診せたらなんでもないって言ってたし。今日は出るよ。天本倒さなきゃだし」

「はっは。今のあいつをブランク明けでどうこうできるかな。琢磨ならともかく」

体力がないのが弱点、と涼からは聞いているが、所詮半年前の話だ。あれから故障したという話も聞かない。正直、S1で琢磨がこいつに勝てるかは五分だし、S3の栗原を涼が倒すのも五分だ。駆が天本を倒しておくに越したことはないが、考えてみれば一番分が悪いのかもしれない。

それでも、言う。

「やってみなきゃ、わかんねえよ」

山神が笑みを引っ込めた。

ウェアのパンツを引っ張り上げ、洗面台に向かいながら、敵意剝き出しの声でこう言った。

「勝つのはウチだ」

今まで聞いた中で、一番強く、山神仁という男の欲望が露わになった、そんな一言だった。

朝九時。男子の試合も女子の試合も同時に始まった。四つのコートに、男女合わせて八つの学校がすべて入る。準決勝四試合、同時進行。

コートの中にネットを挟んで向かい合う松耀は、仙石、川島……それからあれが噂の双子か。小柄で色白で、なるほどよく似ている。あまり強そうには見えないが、あれがD1。去年戦った仙石・川島ペアはD2。

今大会松耀がダブルスにおいて負けなしの理由は——双子の強さもそうだろうが——仙石をD2に置ける、という選手層の厚さだろう。今年も有望な選手に声をかけて集めてきたのに違いない。新設二年目校ゆえに三年生不在だが、その存在感はすでに都立高校の中でも異彩を放っている。

そしてこれに勝ったとしても、待ち受けるのはおそらく山吹台。

タフな試合になる。

ここから先は、すべて。

選手も、応援も、全員。

あとたった二回勝てば優勝だ。だが、そのたった二回がとてもつもなく遠い。長い。

一昨年、去年だって数は違えど〝あとたった——〟の範疇《はんちゅう》には至っていたのだ。それでも阻まれて、届かなくて、流した涙の塩辛さを駆は未だに覚えている。

今年は運がいいのかもしれない。決勝まで、やつらに当たらない。

しかし、同時に運が悪くもある。

山吹台史上にその名を轟かす、傑物の代でもある。

山神仁と同期であったことは、しかしやはりトータルで見れば幸運だったと駆は思った。

三年間、あいつの居る山吹台と競えたことは。

同じ代の藤ヶ丘にとって、間違いなく幸運だった。

やりたい。

あいつらと、最高の決勝戦を。

決着をつけたい。

体が震えた。

まだそこへはたどり着いていない。ここで松耀を倒す。それができなければ、今年は山吹台と相見《あいまみ》えることさえ叶《かな》わない。

「これより、松耀高校対藤ヶ丘高校の試合を始めます。両校礼！」

「よろしくお願いしァすッ！」

両校選手の声が重なった。仙石が琢磨を見ていた。インハイでの戦いは駆の記憶にもまだ浅い。一年ほど前に会ったきりの川島は今日はおとなしかった。双子は――駆を見ていた。目が合うと、ペコリ、と二人揃って頭を下げる。駆も慌てて礼を返す。

「あれが相原《あいはら》兄弟か……どっちがどっちなんだか」

やりとりを見ていたらしい森がぽつりとつぶやいた。

「どっちも上手いんだろ？」

駆は顎でしゃくる。

「まあ、話聞いてる感じではな。ラケット持たせてもほとんど見分けつかないらしいぜ。メーカーもモデルも同じだから」

確かに二人とも、バボラットのピュアドライブを手にしていた。

「徹底してんなァ」

「けど、強いのは兄貴の方らしい」

兄貴——まあ、双子だから兄も弟もないのかもしれないが、便宜上兄——の方が充《みつ》希《き》、弟の方が康希《こうき》といったはずだ。ドロー表で、それだけは確認してあった。その充希の方が、はっきりと強い。いったいどういうことだろう。

「なんか理由あんの？」

「わかりやすいのがな」

そう言ってから、森がなぜかチラリと嵐山の方を見た。左手でくるくるとラケットを回している。

「相原充希はサウスポーだ」

第一試合が始まる。森と涼、そして仙石と川島の戦いだ。

「フジコウファイトーッ！」

嵐山の声はすでにだみだみだ。応援は体力を使う。三日目ともなれば選手でなくとも疲労はピークだ。それでも、ここまできてしまうともう叫ばずにはいられない。その気持ちは駆にも痛いほどわかった。

勝ちたいよな。

勝たせてやりたいよな。

コートの中にいる選手の背中は、フェンスを越えさえすれば手が届きそうなのに、あまりに遠い。

ネット際でトスが行われ、森たちが勝ったようだった。涼がボールを握ってベースラインへ向かい、森がぐるぐると肩を回しながらネット前で構えた。途中入部でずっと引け目を引きずっていたように見えた涼と、選手としての自分に自信が持てずにいた森の背中――それは今や藤ヶ丘を代表する選手として、力強く夏の追い風を受けている。

試合開始のファーストポイントで、応援の口火を切るのはやはり部長の役目だ。

「フジコウ一本先行ーッ！」

駆が張り上げただみ声に、次々と掠れた、けれども力強い声援が重なった。

駆は仙石とタイマンでやり合ったことはない。一年近く前に、ダブルスで戦った一度きりだ。あの頃、仙石はまだ一年で、ブランク明けだった。だが恐ろしく重いパワーサーブとグリグリのヘビースピンでコートのコーナーを抉《えぐ》るその強烈な存在感は、一年経った今でも駆の目に強く焼きついている。

インハイでの琢磨との試合はやや琢磨の好調に押し切られた感があったが、それでも相当な実力者であることはこの一年で嫌というほどわかっている。昨年都立戦準優勝校であり、決勝最終試合で山神と壮絶なラリーを繰り広げたことは、去年を知る人間にとっては決して色褪《いろあ》せた記憶でもないはずだ。

おそらく去年以上に猛者が集った松耀高校硬式庭球部で、それでもS1の座に君臨するその実力は紛れもなくエースのそれで、二年生になったことでやや逞《たくま》しさを増したその背中にはもはや風格すら漂う。インハイの後、琢磨が「思ったよりもガキだった」などとのたまっていたが、実際のところこんなガキがいてたまるか、というのが駆の正直なところである。

高身長の川島も、軽いお調子者のように見えて実力は確かだ。個人戦での戦績はいまいちパッとしないが、そうはいっても悪いわけでもない。この二人が組んでD2だというのだから、今年の松耀はまったくどうかしている。

第一ゲームこそ涼のサービスゲームをキープしたが、続く第二ゲームは仙石が圧倒。第三ゲームの森のサービスゲームでブレークを許し、川島のサービスゲームをキープされ3－1でローテが一巡していた。

松耀の選手はあまり応援をしない。フェンス際で見ていて、ゲームを取ったりしたときだけ控えめに拍手をする。双子も静かに試合を観ていたが、3－1になったところで抜けた。アップをしに行くのだろう。アップにかかる時間にもよるが、3－1で抜けるのは少し早い気がする——この後、このままの流れでさくっと試合が終わってしまうのでもなければ。ダブルス巧者だというあの二人の目には、そう映ったということか？

そんなに早くは終わらないと思うぜ。

駆はなんの未練もなさげにコートから離れていく双子の背中を見ながら、胸の内でそうつぶやく。

涼と森はきちんと前を見ていた。森が狙われて、苦しい展開になった大和第一との試合。二人が敗北を喫した菫崎との試合。そのときよりも相手はさらに格上で、Ｄ１たる駆と琢磨が相手をしたとしても、確実に勝てるかは怪しい。

それでも二人は前を見ていた。下を見てはいなかった。

「一本ずついくぞ、フジコウッ！」

駆は声を張り上げる。

喉がキリキリと痛む。

「進藤先輩、そろそろアップ行かなくても……？」

双子がアップに出ていったのを見ていたのだろう、隣で一年が心配そうに声をかけようとするのを、しかし嵐山が制した。

「そんな早く終わんないから、この試合。いいから声出せ」

短く、それだけ。

ああ、こいつも二年生なんだなと思う。

こいつもわかるんだな、と思う。

言外に滲んだ、Ｄ２への信頼。

駆は黙って嵐山の肩をポンと叩く。それだけで伝わるくらいには、もう付き合いも長い。

涼がサービスゲームを再びキープした。2-3となり、仙石のサービスゲーム。駆が勝手に〝メテオサーブ〟と呼んでいるファーストがバスバスと突き刺さる。コントロールやコース、球種の使い分けなども含めれば今大会もっとも優秀なサーバーはおそらく琢磨か山神だが、単純に威力だけなら二人をも超えているのかもしれない。こういう選手を見たときほど、右利きでよかったと思わずにはいられない。これが左利きだったら、本当に琢磨と山神に勝ち越す選手だったかもしれない。テニスにおいて、左利きのアドバンテージが計り知れないことは、日々嵐山と練習をしている駆が一番よくわかっている。

もちろん、仙石が右利きでも十分強いがゆえに松耀のエースであることも理解している。

2-4となり、森のサービスゲームとなった。このタイミングで琢磨が「先に行く」と言ってアップに出た。こういうとき、相変わらずあいつはシビアだ。

「森ー、ファースト集中ーッ！」

駆はまだフェンスにしがみついている。

大丈夫。自分の役目はわかっている。D1。この試合の結果がどうあれ、次の試合を負けてやるわけにはいかない。エースと組む選手として、それは絶対だ。

だが、同時に自分は部長でもある。

肩書だけじゃ、意味がない。

こういうとき、チームの中心にいるのが部長だ。

オレはそういう存在でありたい。そういう部長でありたい。そして今日の結果がどうあれ明日から部長となる二年生に、その姿はきちんと見せておきたい。

だから、もう少し。

もう少しだけ、ここに居させてくれ。

「フジコウ一本先行ーッ！」

森がサーブを打った。

綺麗なフォーム。綺麗な弾道。もともと小器用さを自嘲気味にウリにしていた森だが、本当に綺麗なのだ。今大会でも、インハイでも、こんなに基本に忠実なフォームでボールを打つやつを駆は他に一度だって見ていない。それだけ正しいフォームで打っているのだから、当然ボールだっていいところへ飛ぶ。森に足りないのは自信だ。

自分はすごいんだ、という自信。テニスにおいては技術以上に重要と言っても過言ではない、絶対的なメンタルタフネス。

バック側に跳ねたサーブを、川島が平然と返していく。高身長なのでスピンサーブでもあまり苦にならないのか。リターンはクロスへ。森がラケットを構えている。きっちり早めの、コンパクトなテイクバック。小刻みに足を動かして、きちんとボールの後ろに入り込む。押し出すようにスイング、インパクト、抜けるようなフォロースルーの先に、ボールはまっすぐに相手コートへ。

いいボールだ。

森がきちんと打っているときのボールには安心感がある。

大丈夫だ、という信頼に満ちている。

今日のボールは、自信も乗っている。

いいボールだ。

森にしか、打てないボールだ。

涼がポーチに出た。クロスへ打つと見せかけて、直前でタッチショットに切り替える。琢磨が得意としているドロップボレー、それにも劣らぬ鮮やかなタッチプレー。

逆を突かれた仙石の動き出しが一歩遅くなり、やつのラケットが捉える前にボールが二度バウンドした。コートの外がどっと沸く。

そうだ。涼もすごいのだ。藤ヶ丘唯一の両手フォアハンド、体力もある、脚も強い、サーブもストロークも幅広い球種を打ち分けられ、要所要所で上手く緩急をつけるゲームセンスもある。

ここ半年ほど、涼は以前ほどフォアハンドにこだわらなくなっていた。引き出しの多さこそが自分の武器だと自認して、あらゆるショットの精度を高めていた。

——駆とかタクみたいに一点突破の武器は持ってないからさ、数で勝負するしかないじゃん？

そんなふうにおどけて言っていたが、口調のわりに練習中の表情は真剣そのもので、それはどちらかといえばすべてのショットが一点突破の武器となることを目指しているようにさえ思えた。

駆は自分が涼より上だとは思っていない。直前の部内戦ではS2の座を賭けて激突し、最終的にタイブレークの22‐20という大接戦の上に勝利しているが、それは本当にたまたま、駆にほんの少し運があっただけだ。涼は自分よりキャリアも長く、技術的にも卓越している。仙石がD2にいるのがおかしいというのなら、涼がD2にいるのだって大概おかしいのだ。

やれる。

二人なら、絶対やれる。

「フジコウもう一本ーッ！」

初日には応援側が余裕を持たないと、なんて思っていたわりに、やっぱり三日目になるとそれどころじゃない。

3－5で駆も抜けた。次は涼のサービスゲームだから、キープできるはずだ。それで4－5。しかしその後が仙石のサービスゲームだ。これをブレークできるかどうか……。

頭を振る。

集中。

ここからはオレは選手だ。選手のやるべきことをやろう。

琢磨がラケットのフレームでトントントンとボールをバウンドさせていた。相変わらず器用なやつ。駆は未だにこれが苦手で、三回と続かない。

森と涼の試合のスコアを訊いたりはせず、琢磨は黙ってボールを放ってきた。駆はそれをラケットで軽く打ち返す。琢磨も打ち返してくる。自然とボレーボレーが始まる。ぽん、ぽん、ぽん、とリズムよく行き来するボールを、琢磨が妙に感慨深げに見ている。

「……おまえ、ボレー上手くなったなあ」

突然そんなことを言い出すので、思わず笑ってしまって狙いが盛大にズレた。ふかしたボールを、けれど琢磨が器用に打ち返してボレーボレーは続く。

「なんだよ、急に」

「二年前ここにきたときは、コンチネンタルグリップだってろくにものにできてなかったのに」

「形にはなってただろ。ほら、校内合宿でさ」

「ああ。みっちりやったな」

「誰かさんの教え方が大雑把でさ」

「大雑把で悪かったな」

「いやいや。感謝してるよ」

「見えねえ顔」

お互いフンとかハンとか鼻で嗤《わら》いながらボレーを続けるうちに、少しずつ体が温まってくる。肩が回ってくる。手首が柔らかくなってくる。

駆は上着を脱いで、右腕を少し揉んだ。問題はない。琢磨は何も訊かなかった。信頼しているのか、集中しているだけか、どっちにしても訊かれないことになんとなく安心した。

「行くか」

琢磨が短く言った。

こいつはいつだって言葉が短い。無口で、あまりしゃべらない。でも、だからこそたまに口にする言葉に、黙っている間にため込んだエネルギーを全部乗せてるんじゃないかってくらい、気合がこもっている。

「おう」

駆も短く応じた。

短い言葉でやりとりするのは、コミュニケーション不足なのだと思っていた。でも最近は、実はそれだけ相手のことをわかっているということなのかもしれないと少し思う。

森と涼は4－6で敗北した。

やはり仙石のサービスゲームをブレークできなかったようだ。

駆は二人に声をかけなかった。ただポン、と頭を一回ずつ軽く叩いて、それ以上振り返らずにコートに入った。

双子はすでに来ている。

目が合って、ああ、全然別人だ、と思った。

試合前の挨拶のときには見えなかった闘志のオーラみたいなもの。

今は見える気がする。ゆらゆらと、夏の陽炎《かげろう》のように立ち昇っている。目つきが違う。表情が違う。軽く汗の浮いた顔が、きっちりアップしてきたことを物語っている。早めに抜けたのは前試合の進行に見切りをつけたというより、アップにきちんと時間をかけるタイプだからだったのか。試合前にはD1とはとても思えなかったが、今はきちんとD1の風格をまとっている。

駆は下唇を舐《な》め、気を引き締め直した。

凹

双子のダブルスプレーヤーというのは決して珍しくない。アメリカにブライアン兄弟というダブルスのペアがいる。ダブルスにおいて非常に高い戦績を有する双子の選手だ。双子だから、何か特別な力があるわけじゃない。特別なプレーができるわけでもない。ただ、やはりダブルスにおいては連携が重要だ。コミュニケーション回路がデフォルトで開通しているであろう双子というステータスは、確かにダブルスという競技形式にしっくりくるのかもしれない。

加えて相原兄弟は片割れがサウスポーでもある。必然的にバックサイドは兄の充希となる。綺麗に左右対称で、ある意味死角がない。テニスは左利きが有利なので、兄の方が戦績がいいのはそのせいだろうし、それ以外に技術的に差がないことはアップでわかっている。

つまり、的を絞りづらい。

正攻法でしか、突破できない相手だ。

「見た感じパワー系ではないな。兄の方もシングルスで仙石より下ってことはあれ以上のバコラーってことはないだろ。仙石と打ち合えたおまえならラリーで負けることはない。とりあえずいつも通り、おまえはクロスラリーからの展開。俺はなるべく前出る感じで」

「ＯＫ」

駆がうなずいてポジションについた。

琢磨はボールをつく。

空は曇り模様だが、気温は高い。梅雨が明けたばかりの空気はまだその残滓《ざんし》を残すかのようにどことなく湿っぽく、重たく腕にまとわりつく。

振り切るように、トスを上げた。

ラケットを振りかぶり、一瞬息を止める。

「ふっ」

吐き出す呼吸とともに振り出したラケットがボールを捉える。手のひらに伝わるわずかに硬い感触でコンマ数ミリスイートスポットを外したことを悟る。だが、それがわかるということは調子がいい。今大会はずっと調子がいいが、今日はとりわけタッチの機微を感じ取れる。

スライス回転をかけたファーストサーブはワイド気味に深く入った。クロスを意識でケアしながらもポジションはセンター気味に前へ出る。駆はストレートを締めている。相原弟が打てるコースは、平面上ではほぼ皆無だ。

ロブ――になり損ねたのであろうボールは、チャンスボールになった。

「オーライ」

駆がラケットを構え、ドライブボレーで叩いた。危なげなく逆クロスへ抜けたボールがオムニの砂を散らす。

「15－0」

審判のコールに藤ヶ丘陣営が沸いた。ポイントを落とした双子は静かにハイタッチを交わしている。あまり言葉は交わさないらしい。

「ナイッサー」

駆が言ってボールを渡してきた。ハイタッチ。こっちはいつも通りだ。

「次、センター」

コースを予告すると、駆がうなずく。ポーチに出やすいように、ポジションがわずかにセンターに寄る。

ファースト。今度はスイートスポットを完全に捉えた。センターを打ち抜く。相原兄は動かない。

「30－0」

双子はやはり淡々とハイタッチを交わすだけだ。

琢磨は首をひねる。

ダブルスが強いと聞いていたが、聞いているだけで具体的なプレーは見たことがない。一年なので情報も少ない。特別体格に恵まれているわけでもないので、サーブが強いとも思えない。かといって、リターンが上手い様子でもない（まだ二ポイントなのでなんとも言えないが）。

こいつらの強みは、なんだ？

得体のしれない不穏が背筋を這い上ってくる。

ヘタをすれば仁・天本のペアより上かもしれないと言われている、その根拠が見えてこない。

「琢磨？」

駆がボールを差し出していた。琢磨はうなずいてそれを受け取った。

「次、センター」

駆がうなずく。自分のポジションに向かうその背中を見送りながら、小さく吐息をつく。考えたってしょうがない。相手がどんなやつでも、こっちのベストを尽くすだけだ。

サインプレーという概念がある。

サインを出したらこの動きをする、というルールをあらかじめ決めておいて、試合中はそのサインで指示を出すのである。サインを覚えなければいけないという手間はあるが、できるとなんだかカッコイイし連帯感も高まる。

テニスではポイント間に二十秒、時間を取ることが許されている。ゆえにダブルスの試合では大概、ペアはこの時間を利用して作戦を立てる。サインプレーは、要するにこれをサインで代替する。

しかし、前述のとおりポイント間の二十秒を使って会話による作戦会議を行うことが可能なので、プロの試合ならともかく高校テニスでサインプレーができるようなペアはそう多くない。ゆえに琢磨も、最初はその可能性を排除していた。

動きに、異様に迷いがない。

最初の違和感はそれだった。相原兄弟の動きである。ポーチに出る思い切りがあまりによすぎる。そしてそのカバーに入る後衛の動きにも、よどみがない。

どんなに練習を共にしても、所詮は他人だ。考えていることが完全にわかるわけもない。しかし相原兄弟の動きは、まるで互いの背中に目がついているように、綺麗に連動する。後衛が、前衛の影のように、その動きを合わせる。そして、それができるがゆえに、前衛と後衛のすれ違いが絶対に起こらない。

普通、前衛がポーチに出るタイミングは直前のボールを見ていればある程度予測ができるが、それはあくまで予測であって予知ではない。完璧ではない。思いもよらないボールに前衛が飛び出したかと思えば、絶対出るだろうと思っていたボールに出ないこともある。意表を突かれると後衛は動き出しがワンテンポ遅れる。それは大概、致命的な遅れとなる。

前衛からすればさらにわかりやすい話で、後ろが見えないのだから連携の取りようがない。基本的には信じるしかない。ストレートを抜かれたとき、センターを抜かれたとき、頭上を抜かれたとき——基本的に前衛がスルーしてしまったボールはすべて後衛が取るしかない。取ってくれと、願うしかない。

だがもし、お互いの動きを完璧に把握し、その通りに動くと信じているなら。

ワンテンポの遅れがなくなる。取りこぼしがなくなる。どころか、いつもより大胆に動くことすら可能になる。

もちろん、理屈の話である。サインプレーはその補助をするための技術であって、サインプレーができるからといって特別連携力が上がるわけではない。サインはむしろ、象徴である。前衛が出す指示によってプレーが決まり、その通りに動くことができることの証明。

ゲームカウントは2－1で回っていた。お互いキープで回ったローテーションのラスト、相原兄のサービスゲーム。

左利きのスライスサーブは厄介だ。バックサイドの琢磨にとってはバック側に逃げていくサーブになるので極めて返しづらい。だが藤ヶ丘には嵐山というサウスポーがいるので、対左利きの対策はある程度できている。

相原兄がサーブを打つときの、ポジショニングが気になった。ダブルスではセンターからサーブを打つことはまずない。その位置から打ってしまうとアレーがカバーできない。何より、味方前衛に当たる。

それは相原弟もわかっているのだろう、ネットよりも低く身をかがめ、センター付近にしゃがんでいる。プロではたまに見る陣形だが——高校ダブルスでお目にかかるのは初めてだ。

あのポジショニングは、レシーバーからすると相手前衛の動きがまったく読めない。後衛がほぼセンターからサーブを打つということは、その後フォアサイドにも、バックサイドにも、シングルスのように自由にポジショニングできるということだ。影である後衛がどちらにでも動ける——それはつまり、前衛が自由に動けるということを意味する。

相原兄がサーブを打った。左利きなのでスライス系でくると思っていたが、フラットだ。センター。さすがにいいサーブを打つ。前衛が動き出すのは早かった。クロス方向、駆のリターンも――クロス方向。

バックハンドにしては、いいリターンだった。普通なら到底前衛が触れるボールではない。だが、動き出しの早かった相原弟は余裕をもって追いつき――どんぴしゃで合わせられたポーチは琢磨の左側をほぼストレートに抜けるという、通常ではあり得ないコースを鋭く突き破っていった。

「15－0」

相手のコートに目をやると、相原兄はやはり、弟が動いたのとは逆方向をカバーしていた。前衛がポーチに動くことがわかっている、かつスタート位置がセンターであるがゆえにこちらも動き出しが迅速なのだ。

「なんだ、今の」

駆が呻くように言った。

「実物見るのは俺も初めてだな」

ダブルスでは、サーバーサイドは基本的に初期陣形が雁行陣になる。サーバーが斜め後ろで、前衛が斜め前。テニスは基本的にクロスラリーがメインのスポーツなので、だいたいのポジショニングは斜めになる。

しかし相原兄弟のポジショニングは、前衛がサーブ後にどちらにでも動けるようにセンター近くに陣取るため、そのカバーに入るサーバーもセンターからサーブを打つ。ほぼ直線的な陣形になるのである。縦の並行陣、とでもいうべきそのポジショニングは、上から見たときにアルファベット小文字の〝i〟に似ていることからアイ・フォーメーションなどと呼ばれる。

当然左右に隙間が大きくできるため、前衛の動きに合わせて後衛が守ることが必須となるわけだが、相手からすればどこへでも打てるがゆえに逆にどこへ打てばいいのかわからない。セオリーのクロスを封じることで、逆に相手の選択肢を増やしプレッシャーをかける——レシーバーを翻弄するという意味においては他の陣形よりも強力なアドバンテージを有するフォーメーションである。

「リターン、どうすればいいんだ？」

「確実に後衛に打たせたいならロブしかないな」

相手前衛の動きが読めない以上、五十パーセントの確率で前衛には引っかかる。まあ、それは通常の雁行陣であっても確率上は同じだが。幸い相原兄弟のサーブは威力そのものは大したことがないので、ロブで返すのに苦はない。

「ある程度前衛に引っかかるのは覚悟して、こっちも前衛下げるのがいいかもな」

琢磨は言った。

「後ろ並行ってことか？」

「最近、あんまりやってないけどな」

いつも通りのプレーではない。しかし、この相手に対して雁行陣を維持するのは厳しい気がする。必ず毎回アイ・フォーメーションを使ってくるわけではないが、それでもこれまでのプレーでポーチに出る確率がかなり高いことはわかっている。ダブルスのボレーに相当の自信があると見た。個々の攻撃力は低いが、ダブルスとしての攻撃性は凄まじいものがある。それは、決めてくれる、という前衛への信頼と、守ってくれる、という後衛への信頼なしには決して成り立たない思い切りの良さだ。

だてに双子ではないということか。

ようやく少しわかってきた。

このペアの強みは、まさしくダブルスに特化したそれぞれのテニスそのものだ。

キープが続く展開になった。

どちらもサーブからの展開に強みがある。琢磨は純粋にサーブそのものを得意としており、駆はサーブの後からのクロスラリー展開が強い。双子はどちらもサーブ＆ボレーで並行陣を敷いてくるうえ、その並行陣が非常に攻撃的で上手い。

結果、お互いにブレークのきっかけを見つけられない。

双子はここまでの試合でもキープは確実にしつつ、どこかで隙を見つけてブレークし、そのブレーク差を守り切って勝つ展開が多いようだ。確かにあの並行陣を攻略するにはワンセットは短過ぎる。一度ブレークを許すと、ブレークバックは難しい。

そう考えると先にブレークが欲しいのは山々だが、ダブルバックの並行陣を敷いても双子の勢いは止め切れていない。前に出ると本当に強いペアだ。結論から言うと、ロブは通用していなかった。何度か頭上を抜こうと試みているが、スマッシュが上手いのでかなり深い位置からでも平然と打ってくる。難しいとされるバックのハイボレーや、ネット際のボールの処理も卓越していて、確かにダブルス巧者だ。高校一年生のレベルは明らかに超えている。

双子が並行陣を仕掛けてくると、ラリーのテンポが一気に上がってあちらのペースに引き込まれる。向こうは早いテンポのボレストに慣れているのだ。そのスピード感についていけない。琢磨もテンポの早いボレー展開は得意としているが、それはあくまで自分がボレーヤーの場合だ。ストローク側であのテンポに付き合わされるのはたまったものじゃない。

相原兄弟の並行陣は、まさしくネット前に屹立《きつりつ》する巨壁だった。だが、越えていかなければならない。どう突き崩すか……。

「打たれるっつっても、結局上しかねえよな」

4－3のチェンジコート間に駆がぼやいた。

相原兄弟はかなりネットにガン詰めしてくるタイプの並行陣だ。それゆえにポーチの頻度が高く、攻撃力も高い。通常そういう陣形を取ってしまうと上——つまりロブで抜かれた場合に苦しいのだが、あの二人は前後のフットワークが軽いうえスマッシュがべらぼうに上手いので、あまり苦にならない。しかし、だからといって平面的に打ち合ってはポーチの餌食になるばかりだ。

「ロブだろうな」

琢磨は苦々しくうなずいた。

だが、その程度の攻略法は今大会相原兄弟と戦ったすべてのペアが考えたことだろう。あのネットガン詰め並行陣に攻め立てられ、苦し紛れに頭上を抜こうとして——それでも彼らのあのスマッシュ力の前になすすべなく叩きのめされた。

それでは結局、相原兄弟にいつも通りのプレーをさせている。そして、こっちはまるっきり、いつも通りのプレーをさせてもらえない。

ああ、と琢磨は気がついた。

そうか。

根本的に間違っていた。

相原兄弟の並行陣を破ろうと考えてはいけない。

そもそも、相原兄弟に並行陣を敷かせてはいけないのか。

「待て駆」

ベンチを立ち上がりかけた相方に耳打ちをした。

「リターンの方針を変えよう」

相原兄のサーブはフォーメーションによって配球が変わる。ワイドから打つときにはスライスを使って相手を追い出し、センターから打つときにはフラットや、内側に切れ込んでくるスライスでセンターを積極的に攻めてくる。プレースメントは非常にいい。威力もそこそこあるので、左利きサーバーとして十二分に強力だ。相原兄弟がアイ・フォーメーションを使う機会は明らかに相原兄のサービスゲームの方が多い。

並行陣（選手が二人ともネット前にポジションを取る陣形）は、一般にダブルスで〝強い〟と言われている陣形だ。テニスはサーブとリターンから試合が始まる都合上、ダブルスでの初期陣形は必ず雁行陣になる（最初から後ろ並行陣を敷く場合などは例外だが)。そこからいかに相手よりも先に並行陣を取るか、というのは一つの駆け引きだ。基本的にサーバーが有利なのでサーバーが前に出て並行陣を作り、レシーバーサイドにプレッシャーをかけていく形になる。シングルス以上に、ダブルスはサーバー有利の競技形式なのである。

この双子のスマッシュ力と、並行陣の組み合わせは確かに相性がいい。並行陣が完成さえしてしまえば大概の相手に有利を取れる(天本レベルで精密にスピンロブをコントロールする技術があれば頭上を抜いて戦えるかもしれないが、生憎と琢磨にも駆にもスピンロブにそこまで精緻な技術はない)。サービスゲームを落とすことがなければ理屈の上ではテニスは負けない。相原兄弟がダブルスにおいて圧倒的な強さを誇るのは、サービスのキープ率が異常に高いからだろう。

だが、並行陣が完成する前であれば、このペアはさほど強くない。実際、琢磨と駆は自分たちのサービスゲームをキープできている。自分たちのサービスゲームでは、相手に並行陣を作る隙を与えていないからだ。なら、相手のサービスゲームでも並行陣を作らせないようにすれば、ブレークできる。そしてそのためには、サーブの後必ずネットに出てくるサーバーに、苦しいボールを打たせるしかない。

要は、リターン一本で相手を崩す。

相手が有利な状況を作る前に、こっちが有利な状況を作る。

こっちの土俵に、無理矢理にでも引っ張り込む。

そうしなければ、相原兄弟のリズムから抜け出せない。

狙うのは後衛サーバーの足元だ。前衛に引っ掛からないようにしつつ、沈め気味のボールで後衛にローボレーないしハーフボレーを打たせることができれば、あとは煮るなり焼くなりだろう。ローボレーも上手いであろうことは想像に易いが、それでもあれは低い位置からネットを超すように打つ都合上、どうしても球が浮きやすい。

4－3。ここでキープされると並ぶ。だが、ここでブレークすれば5－3で王手。勝負所だ。向こうもわかっているだろう。だからこそ、ねらい目だ。

まずはフォアサイド。駆がポジションを前めに取った。相原兄は気づいただろう。プレッシャーになるかは微妙だが、サーブの威力を少しでも削げるなら悪くない。駆のバックハンドのリターン力は並だし、左利きの相原兄のサーブは基本的に駆のバックに弾むのでリターンから仕掛けるのはあまり得策とは言えない――もっとも、バックでぶっ叩くつもりなら、の話だが。

駆の脚とフットワークなら、相原兄くらいの回転系サーブには回り込む余地がある。回り込んでフォアハンドで打つことができれば――駆のリターン力は数倍に跳ね上がる。もともとフォアが得意でかつ強烈な駆のハードヒットは名だたる前衛のポーチを牽制《けんせい》してきた。リターンから叩くのはもちろんリスキーだが……。

相原兄がサーブを打った。ワイドから。ほぼセンターへ、強く弾むトップスライス。

琢磨には駆の足音が聞こえた。かなり動いている足音。シューズの靴底がオムニの砂を蹴る音。バックで打つだけなら、そんなに動く必要はない。

フォアがくる、

風を切る音がした。

琢磨の頬を掠めるようにして、鋭いリターンがセンターストラップの上数ミリのところギリギリを抜けた。

前衛が触ったとしても角度はつかないボールで——そもそも前衛は触れなかったが——その低い弾道に相原兄のボレーは打点がかなり低くなった。

その瞬間、琢磨は一歩目を踏む。

低い打点からボールを打つということは、ネットを越すように打たなければならないということだ。つまり、角度が上向きになる。上向きになったボールは、多少なりとも〝浮く〟。

そして、浮いたボールはダブルスにおいてポーチの絶好の餌食である。

琢磨のプレステージのストリングがボールを捉えたときには、相原兄が持ち上げたローボレーを一瞬で叩き落としていた。

双子が揃って後ろを振り返り、自陣を抜けていくボールを苦い顔で見送った。

「0－15」

藤ヶ丘のコートに、ハイタッチの音が高らかにこだました。

続くサーブを今度は琢磨がバックハンドで叩き込み、相原兄のネットダッシュを牽制した。琢磨はもともとフォアとバックに得意・不得意の区別をつけていない。叩こうと思えばどちらでも叩ける。ローボレーの処理はフォアサイドのときよりも甘くなり、浮いたボールを駆が簡単に決めた。これで0－30。

二連続の強烈なリターンにさすがにたじろいだのか、相原兄弟がアイ・フォーメーションの構えを見せる。リターンにプレッシャーをかけようとしているのだろう。

「構わねえ。ぶっ放せ」

琢磨は言った。

駆はニヤリとした。

サーブはフラット。センターへ。

背後で駆が再び回り込む気配がした。ほぼコートの真ん中からフォアで打つとなると、角度こそつけづらいがある意味どこへでも打てる。こっちにしてみれば相手前衛の動きはわからないが、相手にしてみれば駆がどこへ打つかもわからないのだ。

だが、琢磨にはなんとなくわかった。

回り込んだとき、駆の得意コースは逆クロスだ。そしてやつは、普通にクロスに打つよりも逆クロスに打つ方がショートコーナーを狙うのは難しいというのに、それを平然とやってのける。

ぎゅるんっ、と後ろから鋭くスピンのかかったボールが放たれた。テニスのネットは真ん中が一番低く、左右が高くなっている。その一番高いところギリギリを越え、そして回転でストンと落ちる——完璧なドライブ。

ぞくっとした。

取れるわけがない。自分でも取れない。

「0－40」

琢磨は息を吐く。

深く吸って、もう一度吐く。

それからラケットを握りなおす。

まだ鳥肌が立っている。

まったく、こいつと組んでると。

味方のはずの俺が、一番気が抜けねえ。

「なにニヤニヤしてんだよ」

駆に言われた。お前の方だろうがよ。っていうかおまえのせいだよ。

「ナイスリターン」

「ああ、神ってた」

「自分で言うな」

ハイタッチの代わりに頭をわしゃわしゃっとかき回してやると、嫌そうな顔をされた。

「おまえにそれやられるとなんかハラタツな」

「さっさと前行け」

しっしと追い払ってから、自分で自分の顔を触ってみて、確かにニヤニヤしている気がした。

そこから二本相原兄弟に取られたが、最後は琢磨がストレートをすっぱ抜いてゲームをブレークした。やや強引なリターン一点突破。しかしこれでゲームカウントは5－3となり、事実上の勝負が決した。最後のサービスゲームは琢磨のサービスが冴え渡り、ラブゲームでの決着となった。

曲野・進藤（藤ヶ丘高校）VS相原・相原（松耀高校）
6－3

＊

シングルスのオーダーは藤ヶ丘がS3新海、S2進藤、S1曲野で提出している。松耀からはS3川島、S2飯田《いいだ》、S1仙石だ。飯田というのは一年らしい。川島はS3なんだなと思う。

リョウなら川島は突破できるだろう。飯田は未知数だが、今日の駆は調子が良さそうだ。さっきの試合中も右腕を気にする様子なかったし、このままの勢いならS2で決着がつくかもしれない。無論、S1で仙石に負けるつもりは毛頭ない。

女子の試合の途中経過を聞いた。ダブルスがすでに二敗してしまっているらしい。S3で二年の白石が試合に入っていた。スコアは1-1。この局面でチームの勝敗を背負わされるのが二年なのか……つらいな。ベンチには相変わらず宙見が入っている。頑張れよ。俺たちも負けない。

山吹台は当然のようにダブルス二勝していた。S3は栗原がリードしているらしい。決勝はやはりやつらで決まりか。


おとなしくしていると思われた川島だが、シングルスの試合前には何やらリョウに挑発をふっかけていたようだ。リョウは対外用の好感スマイルを浮かべて受け流していたが——どうも気に障ることを言われたらしい。

最初の数ゲームからリョウにしては珍しくかなり飛ばしてミスを連発している。川島は実力者ではあるが、はっきり言って去年から大して伸びているようには見えない。しかし対戦前に相手をおちょくってちょくちょく不興を買っているという噂は聞いているので、それで勝っているような試合もあるのだろうか。

リョウは、メンタルに関してはどうも不安定なところがあった。日頃そんなにカッとなりやすいタイプでもないし、人付き合いも温厚だ。負けず嫌いといえば負けず嫌いだろうが、スポーツをやっている男子なんて大概負けず嫌いなので他と比較して特別際立っているわけでもない。感情的になりづらく、基本的には部でもっとも冷静に周囲を見ている感じもある。

ただ、その分、色々考えるのかもしれない。

頭の回転はたぶん、かなりはやい。他人の顔色にも敏感だ。責任を感じやすいタイプでもある——のは、ひょっとすると入部当初の引け目を未だに引きずっているのかもしれないが。そう、リョウは存外に、コンプレックスを感じやすい。

そういう部分が、たまに顔を出す。ひょこっと。思い出したように。

そうなると、プレーが乱れる。普段乱れないから、余計によくわかる。

川島が2ゲームを先行した。リョウが序盤からブレークを許すのは珍しい。サーブは決してぬるくない。リターン力もある。ラリーの技術だって、川島に劣る要素は何一つない。それでも、現実はこのスコアだ。

これだからテニスは怖い。

気持ち一つで、プレーの質は大きく揺らぐ。

ダブルスで敗北していたことも無関係ではないだろう。川島はそのあたりを突っついてきたのだろうか。

コートの中でへらへらした顔をしている川島を睨む。

まあ、以前のリョウだって人のことを言えないような性格の悪いことをしていたが、こいつのそれはもっと悪質だ。スポーツマン以前に、人として腐っている。俺がS3だったら、一ゲームだってやらない。二十分でぶっ飛ばしてやる。その程度だ、こんなやつ。

だからこんなやつに、負けるなよ。

そう、祈るようにリョウを見たとき、ふっとリョウが笑った。なんの前触れもなく、突然何かを思い出したみたいに。額をガットに押しつけて硬直した。どこかで見たような仕草だな、と思ったら河原が試合中よくやる動きに似ていた。河原はそれを〝考え過ぎ防止〟のためのルーティンにしているとか言っていたっけ。

やがて目を開けてラケットを顔から離すと、リョウの顔からさっきまでの難しそうな表情が消え、いつも通りのどこか飄々《ひょうひょう》とした冷静な様相が戻っていた。

そこから、リョウのプレーが変わった。

ボールの弾道がやや上がり、安定感を増す。

さっきまで両手フォアの強打一辺倒だった球種が、リョウ本来の持ち味である多様な配球に変化する。

ネットプレーも織り交ぜながら、緩急をつけた丁寧なゲーム展開でコートを広く使う。

要するに、いつも通りのリョウに戻っていた。

そうなると、川島が一気に苦しくなった。その顔から小馬鹿にしたような笑みが吹き飛ぶ。もともと丁寧とは程遠いテニスだ。背の高さゆえに強力なサーブと、やや大げさなテイクバックから繰り出されるフラット気味のフォアハンド。どちらもハマればキツイが、プレースメントは大味で安定はしていない。ダブルスでごまかしは利いても、シングルスでは通用しない。

確かに強い。

松耀で三番手の地位は本物だろう。実力もある。大味は大味だが、センスもあるし才能もある。

だが、こいつが果たしてリョウよりも練習してきたかと言われれば、それは甚だ疑問だ。外野の琢磨にそう思わせた時点で、川島はリョウに負けている。

リョウがブレークバックし、さらにもう一つブレークして引き離すともう川島はついていけなかった。ゲームは6－3で幕をおろし、試合後ににこやかにスマイルを浮かべて握手を求めたリョウに対し、さすがに川島には笑みもなかった。

新海（藤ヶ丘高校）VS川島（松耀高校）
6－3

＊

駆と飯田の試合は、S1がある琢磨には途中までしか見られなかったが、序盤から熱戦となった。

飯田は今年松耀に入った一年だが、中学時代から実績もあり名も知られている。インハイ出場選手と比べるのは酷ではあるが、琢磨の目には松田を一回りほど弱くした印象に映った。キャリアが長い、スクール出身選手らしく、綺麗なフォームで丁寧なテニスをする。そういう意味では川島と真逆で、川島がこいつに勝てなかった理由はあの試合の後だとよくわかる気もする。

実力的にはトントンだろう。ラリーをしてくれるという意味では駆にとってやりやすいタイプで、そういう意味では駆の方が有利かもしれない。いずれにせよ、長い試合になる予感はあった。

飯田から4-3まで応援して、琢磨はアップのため抜けた。歓声に沸くコートを後にして、アップの相手として一緒に抜けてきてくれたリョウと柔軟や軽いフットワーク練習をする。ラケットを握って軽くボールを打ち始めたところで「ヨウ」と声がかかった。振り返ると見慣れ過ぎた金髪大男がそこにいた。アップの相手にか、尾関を連れている。

「おまえもこれからS1か。まだ勝負決まってないみたいだな」

ここへ来る前に、駆の試合を軽く観てきたのだろう。藤ヶ丘は駆が勝てば三勝になるが、負ければ二勝二敗でS1に決着がもつれ込む。対する山吹台は、S3の栗原が勝ったとさっき聞いた。つまりすでに決勝進出を決めている。

「相原兄弟に勝ったって?」

仁が体を伸ばしながら訊いてきた。

「まあ」

「どうだった？」

「強かったよ。並行陣敷かせたらかなり手詰まり」

「だろうな。あいつらスマッシュめちゃくちゃ上手いからな」

仁は見てきたように言う。あるいは、誰かがビデオを撮っていて情報収集くらいはしているのか。山吹台くらいのチームなら、それくらいの要員はいそうだ。

「今大会ダブルス無敗は、今朝の時点でオレと幸久、相原兄弟、それとおまえと進藤だったからな。あとはオレらとおまえらだけってわけだ」

ニヤリと豪快な笑みを浮かべる。

「なに、楽しそうなんだよ」

「オレ、結構ダブルス好きなんだよな。シングルスより好きかもしれん」

意外だ。仁はシングルスの権化みたいなテニスをする。

「だからオレ的にはちょっとわくわくしてんのね。無敗同士のダブルス最強決定戦」

「テニス馬鹿め」

「おまえが言うかよ」

仁はケタケタと笑った。ふっと、その目が何かを見据えた。つられて目をやると仙石がアップに出ていくところだった。そうか、そういえば次の相手はあいつだ。

「仙石は、ちょっと調子悪いな」

「そうなのか？」

「怪我とかじゃねえけど。気持ちが入ってない感じがする。もともと無感情だけどな、あいつ」

仁が言うならそうなのだろう。プレーに関しては、こいつの目は信用できる。

「浩太《こうた》、あとはいいよ。オレ、こいつとアップする」

やおら仁がそう言いながら琢磨を指差したので、琢磨も尾関も、ついでにずっと黙っていたリョウも目を丸くした。

「は？」

三人を代表して琢磨が訊き返す形になった。仁は肩をすくめる。

「いいだろ、今からやるのはお互いに違う相手なんだし。ボレーボレーくらいだよ。ちょうど試合終わるの、同じくらいのタイミングになるだろ」

結局仁とアップをすることになった。

仁と試合をしたことは散々あるが、練習をしたことはない。だから仁とボレーボレーをするというのは変な感覚だ。しかしこうして改めて対面して打ち合ってみると、ボレーボレーだけなのにわかる。こいつの上手さ。強さ。大柄なこいつが持つとウィルソンのエヌシックスワンが小さく見える。フェイスサイズが95のせいもあるだろうが、それだけじゃない。やはり手がでかい。

しかしそのでかい手でタッチは実に繊細だ。プレーは豪快で破天荒なイメージが付きまとうが、実際のところコントロールは天本ほどとまでは言わないも栗原よりは断然いい。

「なんだよ、黙りこくって」

仁が言った。

「まだだぞ、オレとの試合は」

たしなめるような口調。

琢磨はゆっくり顔を上げる。

今の自分はどんな顔をしているのだろうか。

仁にそんなことを言わせるほど、好戦的な表情をしているのだろうか。

確かに思っている――いますぐこいつと戦いたい。

そのとき、コートが沸いた。一番手前側――駆と飯田の試合だ。

「進藤が勝ったな」

仁が決定事項のように言った。

「なんでわかるんだよ」

「おいおい、チームメイトなのに信じてないのか」

「飯田は強いよ」

「進藤も強いだろ。勝ったのは進藤だよ」

仁が言うなら……きっとそうなのだろう。

仁がボレーボレーしていたボールをぱっと手でつかみ、ラケットを下ろした。

「じゃあな。これでお互い決まったわけだ。続きは決勝でやろう」

コートの方へ行くと、スコアボードの結果が仁の言ったことが正しかったと証明していた。


進藤（藤ヶ丘高校）6－4 VS 飯田（松耀高校）

＊

仁の言っていたことは、もう一つ正しかった。

仙石は不調だったようだ。怪我とかではなく、気持ち的な——メンタル的な面での、何かしらの不調が。

決して手を抜かれた感じはなかったが、それでも今日の仙石にはインハイでやり合った日ほどのガツガツとした戦意と、本気を感じなかった。気持ちが乗りきれなかったのかもしれない。チームとしての敗北が決まり……やつの中で色々と思うところがあったのかもしれない。

S1は三十分足らずで決着がついた。

曲野（藤ヶ丘高校）VS仙石（松耀高校）

6-1

藤ヶ丘高校VS松耀高校

4-1

藤ヶ丘高校硬式庭球部、ついに念願の決勝進出を果たす——。

6-6

凸

駆たちの試合が終了した頃、女子部の準決勝敗退が決まった。相手校は優勝常連の強豪校、S3の白石が粘って一勝をもぎ取ったが、S2の河原で三敗目を喫したのである。S1は宙見が意地の二勝目を勝ち取ったが、それでも藤ヶ丘高校女子硬式庭球部の敗北に変わりはなかった。彼女たちの戦いは、そこで終わった。

ベスト4。十分に立派な結果だった。けれど女子部の誰もがそう思っていないことは火を見るより明らかで——駆はあの河原が号泣するのを、初めて見たかもしれない。泣くところは見たことがある。毎年この時期は、普段クールな河原も涙をこぼす。だけど今年は、誰よりも泣いていた。自分の敗北でチームの敗退が決定したこと、三年最後の試合だったこと、宙見まで希望を繋げなかったこと——色々な意味のある涙だったのだろう。駆には、到底その真意を推し量ることなどできようはずもなかったが。

宙見と藤村が泣かなかったのは、きっと三年生としての矜持《きょうじ》だった。あるいは、河原を慰めるために泣くわけにはいかなかったのかもしれない。二年生は当然のように号泣で、一年生もほぼ全員がもらい泣きをしていた。青山春だけが、少し離れたところでぽつんと、赤い目を隠すようにそっぽを向いていた。

一年のとき、同じように都立戦で、駆は負けたばかりの宙見に声をかけた。そうすべきだと思って、でも結局ろくな言葉をかけられなかった。今年はますます、ろくな言葉をかけられる気がしない。

だからせめて、彼女たちの悔しさも背負って決勝を戦おう。

重荷になんかならない。むしろパワーだ。こんちくしょう、と思うことで生まれるバネだ。

駆は女子部から少し離れたところでチームに円陣を呼びかけた。

「優勝するぞ」

いつもなら、何を当たり前のことを、と茶化してきそうな森がまっさきにうなずいた。琢磨と涼がうなずいた。嵐山がうなずいた。二年生がうなずいた。一年がうなずいた。全員がうなずいた。駆もうなずいた。

「最後の円陣だから、声出せよ。一番でかい声出せよ」

すでに自分の声もカスカスで、応援ばかりしている一、二年の声はハスキーを通り過ぎて空気の出入りする音そのもののような声で、それでも全員がもう一度うなずいた。

気合を入れるためだけじゃない。

負けてしまった女子部に聞こえるように。

応援に来てくれた先輩たちに聞こえるように。

これから戦う山吹台に聞こえるように。

そして何よりオレたち自身の、肩を組んだチームメイトを鼓舞するように。

「絶対勝つぞーッ！」

「オォーッ！」

「リベンジすンぞーッ！」

「オォーッ！」

「優勝すンぞーッ！」

「オォーッ！」

「フジコ――――――――ッ、ファイッ、」

「オオオオオオォーッ！」

響き渡った藤ヶ丘の鬨《とき》の声を聞き届けたかのように、空を厚く覆っていた曇り空が割れて、夏の青い空が顔を覗かせた。

いよいよ始まる。

運命の、決勝戦だ。

＊

藤ヶ丘高校、決勝オーダーはこうなった。

D2、新海・森。

D1、曲野・進藤。

S3、新海。

S2、進藤。

S1、曲野。

対する山吹台のオーダーは、こうなった。

D2、尾関・栗原。

D1、山神・天本。

S3、栗原。

S2、天本。

S1、山神。

予想通り。お互いに。

ネットを挟んで挨拶をする。藤色のウインドブレーカーと、山吹色のウインドブレーカーが向かい合う。山神と目が合う。さすがに笑っていなかった。金髪が逆立っているかのように見える。この三年間で、今日この試合が間違いなく一番強い。だけどそれは、こっちも一緒だ。尾関ともチラリと目が合った。ふいと逸らされる。こっちはいつも通り……天本は相変わらずぼけーっとしている。

「これより、藤ヶ丘高校対山吹台高校の試合を始めます。両校礼！」

「よろしくお願いしァすッ！」

決勝は二面同時進行だ。山吹台に四面存在するオムニコート、二面（C、Dコート）を女子決勝が使用し、二面（A、Bコート）を男子決勝が使用する。ダブルスはD2とD1が同時に入ることになり、ダブルスが終わり次第S3とS2が入り、先に終わったコートにS1が入る。そして、全試合8ゲームマッチ。

午後の日は高く昇り、雲が晴れた空には遠くにもくもくと入道雲が浮かんでいる。すっかり夏の空だ。三度目の夏だ。まぶしく、痛いくらいの日差し。メラメラと、文字通り身を焦がす。肌の表面を汗が滑っていく。口の端が塩辛い。髪の毛が額に張り付いている。頭の後ろをガシガシとかくと、じとっと湿った毛先が指にまとわりついてくる。

一つ隣のコートには森と涼がいる。二人とも準決勝の敗戦を引きずってはいなさそうだ。気合も入っている。こっちのコートでは琢磨が靴紐を結び直している。こいつは準決勝のS1からほとんどしゃべらなくなっている。集中しているのだろう。大丈夫だ、もうこいつは一人で何かをどうにかしようとはしない。

コートの外を見る。藤ヶ丘応援団がずらーっとA、Bコートの縁に沿ってフェンスの周囲を囲っている。同じチームウェアを着た二年、一年、女子部。私服姿のOB、OG。それから、山吹台の応援団ももちろん……他にちらほらと混じっているウェア姿の面々は、松耀と萩浦か。一人やけに図体のでかいやつがいると思ったら、仙石だった。あいつでも他校の試合を気にしたりするのか。決勝だから？　そこから少し離れた場所から相原兄弟が、山神と天本を穴が空くほど見つめている。自分たちがやるはずだったのに、とでも思っているのだろうか。

悪いな。だけど今年は、こいつらとやるのはオレらなんだ。

「フジコーッ、ファイ！」

連呼の口火を切ったのが嵐山じゃない、と思ったら、サメ先輩だった。いつも試合に出ている人だから、あの人の応援を聞いたことはほとんどなかった。それは意外と、よく通る声だった。サメ先輩の連呼に合わせて、「オーッ！」と声があがる。大きな声援がもわーんとコートを包み込む。そして張り合うように、山吹台サイドからも連呼が響いてくる。

ぞわっとした。

この暑さで。

鳥肌が立つ。

身が震える。

ラケットを持つ手の感覚がさすがにいつもと違った。

緊張？　もちろん。

でも、それ以上に。

興奮。

煽情《せんじょう》されている。

口を大きく膨らませて息を吐く。

顔を上げるといつもと変わらない琢磨がいた。インハイ予選でも、傍《はた》から見ている分にはまるっきり緊張なんてなさそうだった。それは今日も変わらない。そしてそんなこいつを見ていると、なんだかこっちも落ち着かされてしまう。すーっと鳥肌が引いた。震えが止まった。ラケットを握りなおすと、手にしっくり馴染んだ。

いける、と思った。

全力で。全開で。今までのすべてをぶつけられる、と思った。そのことに安心した。ここにいられることに感謝した。苦戦はあった。怪我もあった。山吹台ほど、完璧な勝ち上がりじゃない。

それでも決勝戦までこられたこと。

大丈夫だ。

オレたちは、強い。

ネットの向こうに山神が立っている。天本が立っている。間違いなく、今年の都立最強校の二柱。

その柱を折って、頂点へ行くのだ――。

トスは異様な空気の中で行われた。いつもおしゃべりな山神が何も言わず、意外とおしゃべりだという天本も言葉は発さなかった。琢磨はもとより無口だ。駆はただ、自分のラケットが表になるか裏になるかだけをぼんやり見ていた。

「……裏《ラフ》。サーブで」

静かだが凄みのある声でサーブを宣言した山神にボールを渡すと、ベンチに戻りもせずまっすぐにベースラインへ向かっていった。山神サーブからか。決勝だし、序盤からいきなり飛ばしてはこないだろうと思っていたが、今のやつの雰囲気だと開始早々全開でくるような気がする。そしてやつはそれがラストまで持続する稀有《けう》な選手だ。

「全開でくるぞ」

琢磨が言った。同じことは、琢磨も思ったらしい。

「いつものことっちゃいつものことだろ。いい加減慣れたわ」

駆が言うと、琢磨はただうなずいた。

「総力戦だな」

そう言うと、「全力のな」と付け加える。

全力の総力戦。

お互いが出せる力のすべてを出しつくし、その上でわずかに総力が上回った方が勝つ。シンプルだが、決選にふさわしい決着のつけ方だと思う。

＊

――まるで大砲だ。

そのサーブは、轟音《ごうおん》とともに放たれる。

準決勝で、威力だけなら仙石の方が上かもしれないなどと思ったが断然こいつの方が速い。重い。普段から曲野琢磨というビッグサーバー相手にリターン練習をしている駆でも硬直するほどの凄まじさだ。

初見ではない。何度も見ている。何度も受けている。返してすらいるはずのサーブ。

それなのに、知らないサーブだ。

駆が最後に山神と戦った去年秋、そこからさらに強くなったというのか。いったいどこまで強くなる。こいつの恐ろしさはそこだ。ただでさえ強くて、追いつけるかもわからない場所にいるのに、さらに進み続ける推進力の強さ。

「15－0」

バックサイドは琢磨がリターンを返していく。あの豪放サーブにいったいどう合わせているのか、見事に山神の足元に沈めていく。天本はストレートを締めている。山神が琢磨のリターンをローボレーで返した。あの図体で足元のボールの処理がべらぼうに上手い。琢磨ほど精密なコントロールはないのだろうが、柔らかいタッチだ。深く、よく伸びる。琢磨の返球が苦しくなった。こうなるともう、山神・天本の並行陣の餌食だ。

テニスではサーバー有利だ。そしてそれはダブルスでも変わらない。特に山神ほどのビッグサーバーともなればサーブだけでぽんぽんポイントが獲れる。ただでさえリターンが苦しいのに、ダブルスではさらに並行陣を敷かれるので、よほどいいリターンを返さないと次のボールで結局決められてしまう。相原兄弟の場合はサーブがさほど強くなかったのでリターンから強行突破が可能だったが、山神相手となるとそうもいかない。

こいつのゲームをブレークするのは至難の業だ。

せめて並行陣がなければな……。

駆はサーブから前に出ることはしない。それはソフトテニス時代後衛だった矜持であり、ストロークへの自信の表れでもある。雁行陣は決して並行陣に劣る陣形ではない。それは琢磨も認めているし、実際駆が無理に前へ出て並行陣をやるより、後ろから得意のフォアハンドで相手を揺さぶる方が有効だということは経験からもわかっている。

だが自分と同じくフォアハンドを武器とする山神が、雁行陣を選ばなかった。それがダブルスという競技における、並行陣の有用性をよく表している。ボレーというのは相手から時間的余裕を奪うショットだ。その一点のみにおいて、ストロークの何倍もウィナーになりやすいショットでもある。ただでさえ二人がコートをカバーすることでオープンコートができづらいダブルスでは、結局空間的・距離的に追いつけない場所へボールを打つよりも、時間的反応が不可能なボールを打つ方がポイントになりやすい。

ポーチとは、まさにその概念を形にしたショットだ。そして並行陣も根底の考え方は同じである。だからダブルスの強いペアというのは、並行陣が強いペアとほぼ同義だ。高校テニスではそれでも雁行陣も多く目立つが、大会などで勝ち進むとやはり並行陣の比率は確実に上がっていく。

この中で、唯一サービスゲームでも雁行陣を使う駆が弱いというわけではない。しかし、対戦相手にとって狙い目となることは事実だ。いくら駆がフォアを得意とし、唯一無二の武器として誇示しているとしても、曲野琢磨というビッグサーバーと組む以上それは避けられない。既知であっても初見であっても——いや、初見ならなおさら、琢磨のサーブを見た後で、あのゲームでブレークを狙うのは無理だと思うからだ。結果的に駆のサービスゲームをブレークしようと攻勢に出てくる。そして実際、駆のサービスゲームのキープ率は、琢磨のキープ率に比べると遙かに低い。

ダブルスではペアのサーブ順は自分たちで決めることができるが、一度決めてしまった順番は変更できない。最初の四ゲームのローテがそのセット間はずっと続くが、セットが終わるまでのゲーム数は試合によって異なるため、サービスゲームの機会が均等に回ってくることもあれば、片方が多くなることもある。

だから試合では、大概琢磨からサーブを打つ。琢磨が先にサーブを打つことで、駆のサービスゲームが狙われる回数を減らすことができる。

——とはいえ、それでも駆のサービスゲームは必ず巡ってくるのだが。

ゆえに琢磨と組み始めて三年、駆にとって自分のサービスゲームキープはいつも課題だった。

この三年で、これが最後にして最大の鬼門。

8ゲームマッチのこの試合中、自分のサービスゲームをいかにキープし——そして、このペアを相手にしてどこでブレークするか。

「ゲーム山吹台。1－0」

最初のゲームを山吹台がキープし、サーブ権がこちらに移った。琢磨が当然のように差し出した手にボールを乗せる。こいつのサーブは信頼している。問題は、自分のサーブだ。

山神、琢磨、天本と回ったサービスゲームは全員がキープした。天本は相変わらずコースを丁寧についたボールで、山神に比べるとスピードはないが、やはり簡単にブレークはさせてくれそうにない。

隣のコートをチラと見ると、向こうもキープで回っているようだ。1－1となっている。進行は少し遅い。ビッグサーバーが不在なのでラリーになりやすいのだろう。こちらは山神と琢磨のサービスゲームは一瞬で終わってしまったのでほとんどラリーになっていない。

だが、このゲームはラリー中心になる。

卑屈な気持ちはない。自分の武器がストロークであることは理解している。

ただ、いつも通りにやるだけだ。

いいサーブを打って、その後いいストロークを打つ。それだけで、あとは琢磨が決めてくれる。

トスを上げる。

駆のサーブは回転系だ。去年強化してフラットなども打てるようになっているが、怪我明けはトップスライス気味の曲がって跳ねるサーブをほぼダブルセカンドで使っている。安定感ゆえにセカンドになってもファーストとほぼ変わらないサーブが打てることが強みだが、琢磨にはそれでもファーストを入れろ、と言われている。ファーストが入るサービスゲームは、確かにキープ率が高いことは身にしみてわかっている。

ファースト、集中。

振り上げたラケットがボールの芯にミート、弾き出す。

このペアなら強いのは山神なのだろうが、フォアサイドは山神だ。そしてその意図はやつのフォアを知る人間なら理解できる。山神にフリーでフォアを打たせると、きちんと構えていてもポイントに直結される。なるべくフォアは打たせない。少なくとも楽には打たせない。

ゆえにコースはセンター。

バックへ高く弾むスピン寄りの回転サービス。

山神がバックハンドを構える。フォアが得意で目立つ選手だが、バックも上手いのは知っている。

高身長から、ほぼ叩き下ろすようなリターンだった。

叩き潰されたボールがクロスコートを穿《うが》つ。

フォアハンドで受けた右腕が痺《しび》れた。なんつー重いボールだ！　同じ十八歳の高校男児が打っているとは到底思えない。やっとのことで打ち返すと山神がフォアを構えていた。やつがフォアを構えると、大概の選手はどうしてもストレートを締めざるを得ない。簡単にポーチに出られるようなボールは絶対に来ないし、少しでも隙を作るとストレートをすっぱ抜かれるからだ。

だが、琢磨は違う。

山神の、あの当たったら人を殺せそうなフォアを前にしても、こいつは前衛として守りに入らない。

そしてきっと対戦相手にとっては、前衛の琢磨が退《ひ》かないことがプレッシャーになるのだろう。今の駆にとっての、山神と同じように。

ダブルスとして組んできた。だから駆は、ダブルスの対戦相手としての曲野琢磨を知らない。いつも、自分と同じ側に立っているその背中しか知らない。

今さらのように気づく。

もしこいつが、今敵として相手コートに立っていたら。前衛で、こちらが明らかに攻勢でフォアを打とうとしているのに、まったく退かずにそこにいるとしたら。

それはどれほど、鬱陶しいことだろう。

山神がフォアを打った。

コースがクロスへ寄ったのは琢磨を警戒したからか。だがそれは、琢磨に打たされたコースだ。自覚はあったのか、打った直後に山神の表情がわずかにざわついた気がした。あるいはそのコースが、駆がもっとも得意とするコースだということに気づいたからかもしれない。

駆はフォアを打つ。

気持ちのいい当たりだった。

ジャストミート。

センターをすり抜けた。山神にとってはバックハンドになる。琢磨があからさまにポジションをセンターに寄せた。おいおい、ストレート開くぞ……と思った瞬間、ふいに琢磨が左手を背後に回して左を指差した。

サイン？

なんの打ち合わせもなかった。

だが意図は伝わった。

山神が打つ瞬間、琢磨はすでに動き出していた。明らかに早過ぎて、山神が避けるようにバック側へ打ったボールの先に駆はすでにいた。

バックハンドを構えた瞬間、審判のコールが聞こえた。

「アウト！」

山神のボールがサイドラインを割ったのだ。

それはたまたまというよりは、おそらく琢磨にミスさせられたのだろうと思わされた。明らかにポーチに出ようとしていた琢磨のポジショニング、そして後衛に指示する左手。隠さなかったのはわざとか。まるで犯罪予告のようにポーチをちらつかせ、そして実際に動き出した琢磨を山神は避けた。避けてバックのクロスを狙ったが、後衛の駆が動くのも見えていた。それで追いつかれないように厳しいところを狙おうとして——ミスった。

もちろん山神がミスをしない可能性もあった。駆が追いつけない可能性も——だが琢磨の中ではおそらく、山神がミスをする可能性の方が高かったのだろう。そして仮にミスらなかったとしても、駆が追いつくと。追いつきさえすれば、また普通にラリーに戻るだけだ。そう考えると分の悪い賭けではない。もともと頭はいいが、テニスに関しては殊頭の回転が早い琢磨らしい判断だ。

……けど、それにしたって。

肝が冷えるぜ、まったく。そもそもあのサインはなんだよ。相原兄弟の真似か。

そのポイントでペースを乱されたのか、山神の動きが少し鈍った。山神は直情タイプだが、メンタルは強く感情的に荒れたのは見たことがない。しかしその山神がやや苛立った様子を見せていたので、やはりこいつも人間なんだなと思う。決勝戦で相手を揺さぶるような余裕がある分、琢磨の方がバケモノ染みているかもしれない。

一巡目のサービスゲームが全員キープで一周する。2-2。再び山神のサービスゲーム。ダブルスのサービスゲームは先にサーブ権を取り、かつペアの中でも先に打つ人間が、もっとも多くその機会を与えられやすい。試合が終わったとき総ゲーム数が4の倍数ならそれぞれが同じ回数ずつサービスゲームを行ったことになるが、そうなるとは限らないからだ。テニスはなるべくサーブを打つ順番によって試合に不平等が出ないよう工夫がされてはいるが、それでもローテの一番最初にサーブを打つ権利を得た選手は、その試合中もっともサーブをたくさん打てる可能性がある。それが山神であるというのは、藤ヶ丘にとっては当然脅威だ。

琢磨の指示で後ろ並行陣を敷く。山神に対しては以前も使っている。こいつのサーブに、リターンから攻めることはできない。ただ、相原兄弟ほどネットに詰めてくるわけではないので、ボレストから上手く展開を作ることはできるはずだ。

まあ、そもそもリターンを返せればの話ではある。

山神のサーブが立て続けにいいところに入り、二ポイントを先行された。やはりこのローテでのブレークは厳しいか。それでもラブゲームでキープされるのと、15でもポイントを取ってキープされるのとでは、与えるプレッシャーが違ってくる。落とすとしても、ポイントは取っておきたいところだ。

琢磨のリターンが足元に上手く沈み、山神のローボレーをやや強引にポーチしてポイントを一つ返す。結局ほとんど山神のサーブだけでキープはされてしまったが、気持ちは切らさず次のゲームへ切り替えた。

琢磨のサービスゲームは安定していた。山神ほどの威力はないが、プレースメントと配球では琢磨の方が長けている。ずっとワイドへ打っていたかと思うとセンターへ打ったり、速いサーブを続けていたかと思うと回転系のサーブでペースを崩す。天本のことをゲームメイクセンスの塊――そう評していた琢磨だが、ここ半年は彼自身ゲームメイクがずいぶん上手くなっている。

3−3。

6ゲームマッチであれば折り返し地点だが、今日は8ゲームマッチだ。微妙に難しいところである。ブレークを仕掛けるならこの天本のサービスゲームだが、ギアを上げ過ぎてガス欠になると後半戦で一気に持っていかれる。

そもそも、ギアを上げたところであの天本が簡単にブレークさせてくれるはずもない。

下手な消耗は避けたい。まだ勝負は避けるべきか。

隣のコートをチラと見る。森たちは……2−3。サーブを打っているのは相手だ。となると、ブレークされているのか……？　あちらも苦戦している。ダブルス二本落とすことだけは絶対に避けたい。チーム的にもテンションを上げたいところだ。と、なると――。

「仕掛けるか」

琢磨が言った。

駆はうなずく。考えが同じなら話は早い。

天本のサーブには威力がない。もともとパワー系のショットは軒並み捨てているような選手だ。その代わり圧倒的なコントロールと、戦況を把握し的確に配球する戦略性で並の選手は寄せつけないセンスがある。才能だけなら山神をもしのぐかもしれないと言われている男だ。パワーテニス全盛の時代、高校テニスとはいえ強豪校で山神に並び立ちナンバー2に座するその実力は今さら確かめるまでもない。

それでも山神のサーブに比べたら、まだ付け入る隙がある。ファーストサーブをほぼ確実に決めてくるのでやりづらいが、とにかくボレスト展開で焦らず足元にボールを集め、攻めさせないことが肝要だ。ネットに詰めてくるような、深いボレーを打たせない。向こうが返すのが精いっぱいになるような、ネット際ギリギリの低いボールを集中させる。足元に沈みさえすれば前衛がネットからプレッシャーをかけられるし、そうなれば相手のミスだってあり得る。山神のサーブでそこまで狙って打つのは難しいが、天本レベルのサーブなら十分可能なはずだ。

何はともあれリターン。

どこに打たれても反応する。確実に足元に沈める。

そう身構えた力みを見抜かれたわけもないだろうが……天本のファーストサーブはボディにきた。相変わらず嫌なタイミングで嫌なコース。左右にくると身構えていた駆にとっては完全に想定外。体をずらしながら無理に打ったボールは若干浮いてしまい、待ち構えていた仁にあっさりポーチを決められた。

「15－0」

「ワリ。ボディ見落としてた」

「天本の前であんまり狙い球絞るな。バレるぞ」

琢磨の声は少し強張っている。

バックサイドからのサーブは琢磨が綺麗にリターンを決めるが、沈み切らずに天本の深いローボレーが伸びてくる。返しづらいと踏んだか琢磨がストロークではなくボレーで返球したところをネットにガン詰めされ、さくっとアングルボレーで取られた。

相変わらず読みがいい。

「30－0」

駆はラケットを構え直す。

ボディにくる可能性は考慮に加えた。今度は大丈夫だ。ワイドでもセンターでもボディでもどんとこい。やや前にポジションを取り、くるくるとラケットを回しながら待ち構える。

天本がトスを上げた。

やや、いつもより高い気がした。

インパクトの瞬間に合わせ、スプリットステップ、テイクバック、の、瞬間にはもうボールは駆の横を通り過ぎていた。

……はい？

「40－0」

動けなかった。

おいおいおい。

はえーぞ、なんだ今の。

こいつ、スピード系のサーブは打てないんじゃなかったのかよ。

ブラフ？　ここまでの試合、全部？

決勝で、勝負所で使い分けるためだけに、温存していたのか？

天本と山神がハイタッチを交わしている。

くそ、やられた。

「あいつ、打てるじゃねえか」

琢磨も苦い顔だった。

「やられたな。考えてみれば、山吹台でサーブ練習をみっちりやらされないわけはないが……」

そもそも、天本のプレー内容からいってスピードサーブは必要ないと思っていた。必要ないものをわざわざ身に着けるやつはいない。だが、天本にとっては必要だったのだ。このダブルスで、自分のサーブが遅いと思い込んでいるやつに対して一発かます——あるいは、使い分けることでさらに自分のプレーの幅を広げるために。

バックサイドからのサーブもかなりの速度だった。きちんと見ていれば、山神や琢磨には遠く及ばない。けれど駆よりは確実に早い。涼や嵐山、栗原くらいのパワーはあるか。来るとわかっていても、それまでのゆっくりしたサーブに慣れてしまった体ではとっさには反応できないサーブだ。

琢磨のリターンもネットにかかり、このゲームは天本に完全にしてやられた形となった。

そのまま続く駆のサービスゲームが苦しくなった。天本のように隠し玉もなく、先にブレークできなかったため向こうの仕掛けを受ける形になる。

山神はフォアサイドからガンガンリターンを強打、バックサイドの天本はロブリターンを多用してくる展開になった。天本はリターンから攻勢に出るような選手ではない（という思い込みも、もはや捨てておいた方がいいのかもしれないが）ので、サーブ以外で並行陣を作りたいときはロブを使ってくる。相変わらずえげつないコントロールで深い場所に落ちるトップスピンロブは、ある意味山神の強打以上に厄介だ。

並行陣にガンガン押しこまれ、ブレークを許した。

ゲームカウント3－5。

隣のコートではさらに劣勢だった。森たちの試合が3－6になっている。

直後の山神のサービスゲームでさらに幅を広げられ、こちらも3－6となった。8ゲームマッチでなかったら、これですでに二敗だ。

チェンジコートの間、さすがに気持ちに焦りがあった。

どうする。

藤ヶ丘のダブルスはどちらも劣勢だ。

最低でもここで一勝しておかなければ、シングルスがきつくなる。山神、天本、栗原の三人を相手に全勝するのは至難の業だ。何よりチームのテンション的に苦しい。

いや、そうでなくともD1は絶対に落とせない。

ここで負けたら、なんのために三年間やってきたのか。

一年のとき、一度奇跡的に勝ったきりの山神に、結局あれ以来負けっぱなし——駆にとって、山神と戦う機会はこれが最後なのだ。シングルスで山神とやるのは琢磨であって、自分ではない。

琢磨のサービスゲームは向こうも無理してブレークにはこなかった。当然か。このままワンブレーク差を守りきれば勝ちきれる試合だ。そして向こうは自分たちのサービスゲームにそれぞれ絶対の自信を持っている。

これから二つ。ブレークしなければならない。かつ、駆は自分のサービスゲームをキープしなければならない。そうでなければ、負ける。相手は後2ゲームで勝つ。こちらはあと4ゲームは取らなければならない。

4－6。

再び天本のサービスゲームが回ってきたところで、隣のコートで歓声があがった。栗原と尾関がハイタッチを交わし——そして、森と涼が崩れ落ちていた。

……ああ、クソ。

届かなかった。

駆はスコアを見た。4－8。ほぼ完敗だ。途中から展開が早くなっていたようなので、向こうの並行陣にやられた感じか。

これでますます落とせなくなった。

気持ちが苦しい。だからこそ苦しい。
チームメンタル、だ。
わかっている。ここを落とせないことは。
実際問題、どうしろっていうんだ。
山吹台のサービスゲームは盤石過ぎる。二人ともいいサーブを打つ上にファースト
サーブの確率が高い。そしてサーブの後も上手い。ブレークの、イメージが湧かない。
琢磨もさっきから静かだ。考えているのだろう。だが何も言わないということは、
やはり手詰まりか。
突破口が見いだせない。タイブレークしかなかったのか。だがそれはもう……さっ
きの駆のサービスゲームを落としてしまった時点で、ブレークバックしかなくなった。
そしてそれが叶うとは、到底思えない。
自分のつま先をぼんやり見つめながら、ふと頭をよぎる。
……負ける？
そのとき、背後から吹いてきた風がふわっと髪をくすぐった。
風が吹いている。
少し強い。追い風だ。

午後の、夏の風だ。

そしてその風に乗って、確かに自分の名前を聞いた。

「駆！」

枯れた声だった。

それでも、それははっきりと響いた。

「駆、まず一本！」

駆は振り向かなかった。

ただ一度深呼吸をして、それから目を瞑《つぶ》った。きっちり十秒数えてから、目を開けた。ラケットを握り直す。リストバンドで汗を拭い、もう一度息を吐く。息を吸う。

顔を、上げる。

琢磨の顔があった。

無表情に見える。でも苦しそうだ。いい加減、それくらいはわかる。策はない。いつも状況を打開するのは琢磨だった。でも今回は、それもない。

ないけれど、琢磨は言った。

「まず一本」

それだけ言って、手を掲げた。

琢磨の手のひらはゴツゴツとしている。テニスをずっとやってきた人間に特有の、あちこちでこぼことした手だ。それは一年の頃からずっとそうだった。積み上げてきたものが詰まった手だ。駆もそうだ。山神もそうだ。天本もそうだ。森も、涼も、嵐山も、宙見も、藤村も、河原もそうだ。みんなそうだ。青山だって、きっともう手にマメができている。それは繰り返すほどに皮が剝け、再生するたび硬くなる。ラケットの握り方やボールの打ち方で、微妙にそれは形を変える。指紋のように。静脈のように。同じものは一つとしてない。

それは、唯一無二の証《あかし》だ。

今まで打ってきたすべてのボールの衝撃を、余さず受け止めてできた努力の彫刻だ。

駆は自分の右手を琢磨の右手に叩きつける。

お互いに硬い皮膚。

汗で湿った感触。

夏の熱。

何かが琢磨の手から流れ込んで、自分の手から流れ出ていく感じ。

劇的な作戦は必要ないと思った。

奇跡も必要ない。

オレたちはきちんと準備してきた。練習してきた。その証がお互いの手のひらにあった。

三年間、積み上げたもの。まだぶつけ切っていない。

たかだか十ゲームでぶつけ切れるほど、薄い三年間ではなかったはずだ。

だから、まだやれる。

「まず一本」

駆は繰り返した。

琢磨がうなずいた。

ファースト、ワイド。

ざかっ、と自分のシューズがオムニの砂を派手に蹴散らしたのがわかった。ただ本能が叫ぶままにラケットを振る。センターへ。山神がボレーで取ったのを確認し、天本の立ち位置を確かめる。やや詰め気味。前は打つところがない。

「上！」

琢磨に声をかけながら、スピンロブ。

かなり高く上がったボールには回転をきっちりかけた。風に押されながら、ライン際で落ちる——。

「入るぞ！」

山神が叫び、天本が後ろ向きのまま器用に返した。

陣形が逆転する。

琢磨が前へ出て、駆もポジショニングをあげる。

天本の返球を駆はフォアでぶっ叩いた。

相手が二人とも後ろなら狙うのは天本一択だ。

砂をまき散らすヘビースピンは着弾後、跳ねて伸びる。天本が若干押しこまれ気味になった。琢磨が前へ詰め、あからさまにドロップボレーの構えを見せた。

「前——」

天本がケアのために前へ動き出す、その瞬間に琢磨が寝かせかけていたラケットを立てると、強めに押し込むミドルボレーを天本の足元目がけて叩き込んだ。前に落ちると思っていたボールをいきなり目の前に強打されて、反応できる選手はそういない。

「0－15」

「ナイスロブ」

それだけ言って琢磨がベースラインに戻っていく。

バックサイド、天本は一旦ペースを落とそうとしたのか、いつもの緩いサーブを打ってきた。これに琢磨がきちんと合わせてリターンをストレートへ、山神のボレーがネットにかかる。

「0－30」

山吹台サーブで藤ヶ丘が二ポイント先行するのはこの試合初だ。コートの外がどっと沸き、三本目！ 三本目ー！ と応援の声があがった。山神と天本は何か話している。向こうにとっても落とせないゲームだ。少し間が取られる。

天本は向かい風に対して、速いサーブを出し惜しみしないことにしたらしい。その後二ポイント、スピードのあるサーブが続き、山吹台が二ポイントを返す。30－30。駆はふーっ、と息を吐く。

「フジコウ先行ーッ！」

「先行ーッ！」

天本がトスを上げた。また高い。速いのが来る。

と、思った瞬間緩めのサーブがきた。トスの高さはわざと変えているのか。微妙に狂わされたテンポで、スイングが鈍った。クロスを狙ったボールはわずかに回転が足りずにアウトする。

「40 - 30」

「ヤマブキポイントーッ！」

「ポイントーッ！」

山吹台の応援団がここぞとばかりに盛り上がる。

リストバンドで汗を拭った駆の肩を、琢磨がポンと叩いた。

「任せろ」

力強く一言。駆はただうなずいた。

天本のサーブ。今度はトスが低い、と思ったらクイックだった。しかも速い。本当に器用なやつだ。だが、琢磨は惑わされなかった。リターンもものすごい速さで返った。ボールのスピードだけじゃない。タイミングだ。あのクイックサーブに対して、まるでノーバウンドでリターンしたのではないかと思うほど、一瞬で返った。それはネットに出てこようとしていた天本のちょうどつま先あたりを掠め、天本がとっさにラケットを突き出す前に後ろへと抜けた。

ゲームはデュースにもつれ込む。

「一本先行ーッ！」

「ここ一本集中！」

「リラックスリラックスー」

もうどちらの声援がどちらの応援なのかもわからない。

フォアサイドのサーブで今度は普通のトスから速いサーブが飛んできた。駆のリターンがネットすると藤ヶ丘サイドから隠しきれないため息が漏れた。それに被せるように、山吹台サイドから「ナイスサーブ」の連呼。駆は歯を食いしばる。応援のある試合で、一番きつい瞬間だ。

「アドバンテージ、サーバー」

「一本挽回するぞ」

琢磨が言う。淡々と。その変わらなさに救われる。

「ワリ。頼む」

天本のサーブに再び琢磨がリターンダッシュをしかけた。流れるようなスライス。今度は山神が読んでいてポーチに出てくるが、駆はそれを読んでいたので反応する。足元のボールをハーフボレーでさばき、天本の方へ流す。天本はネットに出てきていない。琢磨の先ほどの超ライジングリターンを警戒したのか。どちらにしろ、こちらが並行陣になる。

天本がロブを上げた。

いいボールだった。相変わらずのコントロール。だが、やつは一つ忘れている。

こっちは、風上だ。

無風ならベースラインまで飛んだであろうロブが風に押され、どんどん失速する。山神が気づいてポジションを下げた。ボールはサービスライン付近に落ちる。その場所には、すでに琢磨がラケットを掲げている。

スマッシュは逆クロスのアレーコートギリギリを打ち抜き、天本もさすがに触れなかった。

「デュース」

再びのコールに藤ヶ丘が沸く。

「粘るな、藤ヶ丘」

すぐ外のフェンスの向こうで、そんな声がする。

「フジコウ先行ーッ！」

「今度こそ先行ーッ！」

「駆リターン集中！」

「シャアッ！」

駆は自分に気合を入れる。ふぅっ、と息を吐いてその場でステップを刻む。足が少し重たい。喝を入れるようにジャンプする。

ここだ。

ここを一本、集中。

「とりあえずリターンな」

そう言った琢磨にうなずいてみせた。

ファースト。

トスの高さはもう見なかった。

ボールだけを見る。

トスが落ちる、インパクト、飛ぶ、着地、
ここ！

駆はラケットを振る。

右腕に痺れるような感触があった。

嫌なやつじゃない。いいときの、いいショットの、あの感覚。

針の穴を通すような、ストレートアレーコートギリギリいっぱい。自分でも鳥肌の立つようなダウンザライン。すっぱ抜かれた山神が天を仰いだ。藤ヶ丘サイドが、今日一番の大盛り上がりを見せた。

「アドバンテージ、レシーバー」

「ここ獲るぞ」

　そう言って掲げた琢磨の、ゴツゴツとした手のひらに、駆は勢いよく右手を叩きつけた。

　最後は琢磨のドロップショットが綺麗に決まり、このゲームでブレークバック。5－6。

　チェンジコートを挟んで駆のサービスゲーム。こっちは風下だが、今はちょうどいい。

　思いきりよくいける。

　強気にいける。

　サーブも、ストロークも。

　何も考えず、フルパワーで打てばいい。あとは風がコートに入れてくれるだろう。

　駆はサーブを打つ。

　久々にフラットサーブ。強気に打つ。

　右腕にビリビリくる。いい感じの感触。本当の意味で、やっと骨が繋がったような感覚。

この試合、駆のサーブでは初のエースとなった。あの山神からのエースだ。テンションが上がる。

「15－0」

「二本目」

言いながら琢磨にピースサイン。琢磨が「ナイッサー」と返す。天本は少しポジションを下げて構えている。山神は……ああ、笑ってやがる。いつもの好戦的なやつだ。

バックサイドのサーブはセカンドになる。天本はロブリターンを使ってきたが、これが風に流されてアウトになる。地味に風は苦手のようだ。普段コントロールがいいだけに、その精密な空間把握が裏目に出ている。

「30－0」

「フジコウ三本目ーッ！」

「連取連取ー！」

「ヤマブキ挽回！」

「挽回ー！」

盛り上がるフェンスの外側が、駆がボールをつきはじめると途端に静まり返る。その静寂は独特の余韻に満ちている。前のポイントの興奮と、これから始まるポイントへの緊張……その中に浸りながら、ゆっくりとボールを持った手を上げる。駆のトスの高さは天本のように変動しない。いつも同じ。常に同じ位置。同じ高さ。山吹台のこのコート、このサイドからサーブを打つのは初めてじゃない。だから、トスを上げたときの景色はもう何度も見ている。見慣れている。

フェンスの向こうに覗く、入ったこともない山吹台高校の校舎。校庭に生えている木。それらの先に広がる、夏の青い空。

その、ちょうど境目くらいにボールを上げる。

膝を曲げて、体を弓のように反らし、ラケットを掲げる。全身にバネの力を溜める。

そして、弾き出す。

いいサーブ。さっきから右腕は放電しまくりだ。

山神のリターンが大砲のように放たれる。いいんだ。来い。打ち返してやる。駆はフォアハンドで受けて立つ。山神とのラリーは好きだ。シンプルでわかりやすい。邪魔も入りにくい。ただひたすらに、互いのフォアで打ち合う。こいつとクロスラリーになると、ダブルスであることを忘れそうになる。まるで何かの練習みたいに、クロスラリーが続く。

負けねえ。

と駆が思いながら打つと、
負けるかよ。

と山神も返してくる。

だんだん自分の顔も、山神のように不敵な笑みを浮かべ始める。

山神との試合は、だいたい調子がいい。

相性がいいのかもしれない。

ラリーが加速していくのを感じる。打ち合いは熾烈《しれつ》を極める。駆はチラッと琢磨を見やった。その視線を感じたわけもないが、左手が背中に回って、ふっと右を指差した。

意味はわかった。

駆はクロスに寄せていたボールをセンターへ叩き込んだ。天本が一瞬迷って、結局ポーチに出損ねた、そのボールを仁がバックハンドで打つ瞬間、琢磨が動き出し――

駆は逆方向へ走った。

今度は、山神が琢磨を避《よ》け損ねた。琢磨のポーチが角度をつけて相手コートに突き刺さり、あっという間にコートの外へ抜けた。

「40－0」

気持ちは切らさない。

あまり間をおかずに駆はサーブを打った。天本のリターンは再びのロブ。今度は深く入ったが、駆は迷わずそれをフォアハンドで強打した。相手並行陣のセンターを打ち抜いた。珍しく――山吹台ほどのペアにしては珍しく、お見合いになって、両方がボールを見逃した。アウトだと思ったのかもしれない。だが素通りしたボールはきっちりベースライン上でバウンドした。それは駆の目にもそう見えたし、山神にも天本にも見えたのだろう。二人が渋い顔になり、それを合図にしたみたいに審判のコールが響き渡った。

「ゲーム、藤ヶ丘。6ゲームオール」

――追いついた、というよりは、舞台が整った、と言った方が正確かもしれない。

ここからは、完全に集中した怪物同士のサービスゲームだ。

大いにあり得るのが、両方キープで7－7。

あり得ないだろうが、両方がブレークで7－7。

この場合は、先に2ゲーム差をつけた方が勝ちとなる。あるいは、8－8でタイブレーク。

でもなんとなく、駆はこの二人のどちらかが完璧に勝つのだろうと思った。どちらかがキープして、ブレークする。

つまり、あと二ゲームで決着がつく。

次のゲームを獲った方が、勝つ。

＊

その二ゲームは、史上稀に見るデュース合戦だった。

サービスエースの応酬でもあったにもかかわらず、リターンエースの応酬でもあった。一ポイント一ポイントは短く、だが連続ポイントがないがゆえにゲームは長引いた。力は拮抗していた。琢磨と、山神の。そして、駆と、天本の。四人全員の。

全員が極限まで集中していて、全員がその後シングルスの試合があるというのに、この試合にすべてを出しつくそうとしているかのようだった。

この試合ですべてが終わってもいい、だから勝たせろ、と——目の前の最高の好敵手を前にして、その剝き出しの闘志は互いに心地よくさえあり、駆は途中から声援もポイントのコールも耳に入らなくなった。

ボールはひたすらに飛び交った。

選手が走り回るたびにどんどんコートの中から外へとオムニの砂が蹴散らされて、だんだんと大会終盤のウィンブルドンセンターコートのように、ベースライン付近は砂が禿《は》げ上がっていく。

全身が軋んでいる。

あらゆるスポーツは全身運動だ。

ボールを打つのは腕でも、そのすべては体に繋がっている。地面に踏ん張る足、動きの軸となる体幹、ボールを見る目や考える頭、ラケットを持たない左手さえもバランスを取っている。血液が巡り、酸素が体中を駆け回る。使われていない部分なんてない。余すことなくすべて、全身。

試合前に、全力で総力戦だと言った。

その通りになった。

これが最後じゃない。

まだシングルスもある。

でも一度、出しつくすのだと思った。

そうしなければ勝てない。なぜなら、相手も、琢磨も、そうするからだ。

ぶつけ合う。

互いの積み重ね。高校三年間だけじゃない。まだ十七年程度の、決して長くはない人生の中で、テニスに賭けてきた時間。

多ければいいってもんじゃない。少なければダメってこともない。濃度と、密度と、熱意。そして、勝利への執着。

お互いにチームの優勝への気持ちは強い。

自分たちだけじゃない。すべての学校がそうだ。すべての選手がそうだ。目指してきた場所。たった二校だけがたどり着いた決勝の舞台。その、ダブルスの頂点。

ゲームカウント6－6からの、激闘。

そしてその果てに――。

そのポイントは訪れた。

長いラリーになった。

後衛は駆と山神。ずっとクロスで打ち合っている。自分のサーブでないのに後衛にいるのは、どこかで陣形が動いたのだろう。どうしてそうなったのかはもう覚えていなかった。気がつくと山神と長いこと打ち合っている。

山神は琢磨のポーチを警戒しているのか、かなりクロスに寄せて打ってくる。そうすると天本がストレートを締めるので、駆もクロスに打たざるを得ない。センターを抜きたいところだが、実際センターはかなりあからさまに空けられていて、誘われている感が強い。

琢磨はサインを出してこない。不意討ちでしか通用しないことはわかっているのだろう。山神にはすでに二度使った。三度目はない、ということか。

そうなると純粋なラリー勝負だ。さすがに足にき始めている。それは相手も一緒だろうが、山神はそんな様子は微塵も見せない。強がりなのか、素なのかはわからなかった。表情から感情はすぐわかるが、本音が読み取れるやつではない。

山神のボールはどんどんと重さを増す。バケモノか。どこまでスタミナおばけだ。駆も体力、脚力ともに自信を持っている方だが、山神はその上をいこうとしている。あれだけのフォアを打って、なぜバテない。なぜ打ち続けられる。そんなにも、一球一球、ケモノの叫びみたいな咆哮《ほうこう》まであげて。

このポイントを、絶対に獲る。

言葉にはならなくとも、そう叫んでいる。

重要なポイントなのはわかっている。重要じゃないポイントなんて、さっきから一ポイントもない。デュースだったはずだ。今はどっちがアドバンテージなのか。もうわからない。とにかく、目の前のポイント、目の前のボールを返すのに必死だ。

暑さで頭がぼーっとしている。

酸欠か？

脱水症状？

息が切れてきた。

スイングが鈍り、返球が甘くなった。

山神は見逃さなかった。

前に出てくる。

フォアハンドでぶっ叩く。

狙いは……琢磨だ。

ものすごい音がした。

ボールは前衛にいた琢磨に直撃した——ように見えた。

琢磨がひっくり返った。だが、ボールは返っていた。審判は何も言わない。ラケットに当てた？　あのストレートアタックを？　どんな反射神経してやがる。ぼんやりとしていた頭の靄《もや》が吹っ飛んだ。次のボール。琢磨は拾えない。

「駆、頼む！」

琢磨が叫ぶ。わかってる、そんなこと。

琢磨の返球を再び山神が叩いた。

ひっくり返ったままの琢磨の上を掠めた閃光《せんこう》を駆は追った。ひた走った。手を伸ばす。ラケットを伸ばす。届け、届け、届け！

「あああああああああぁッ！」

変な声が出た。

ラケットの先っちょがボールを捉え、しかしバツン、と嫌な音がした。嫌な感触。

ガットが切れた！

ボールは返っていた。琢磨が起き上がっている。駆はラケットをチラっと見た。角切れだ。最悪！　ポイント中はラケットを変えられない。

浮いた返球になったが、天本はコース重視で深く狙ってきた。

威力はない。これならなんとか。

駆はラケットを構える。スイートスポットに当てればとりあえず飛ぶはずだ。

ラケットがボールを捉えた瞬間、またガットの切れる音がした。次は打てない。だがボールはまっすぐに狙った通りの場所に飛んでいた。強打はしなかった。狙いはバックハンド高め、天本のバックサイド。

天本がどう返したのかは見ていなかった。

ボールは高く、深く、琢磨の頭上を越えるように放たれた。

駆がもう打てないのをわかって、琢磨を避けたのかもしれない。琢磨に触らせなければ、確かに向こうのポイントだ。

たくま——と呼びかけようとした。

必要なかった。

「オーライ」

琢磨はすでに下がっていた。そして、スマッシュの構えを取った。

やや天本の足が鈍った。そこから打つの？　という表情。確かにほぼベースラインだ。

半年ほど前にやったときは、同じようなボールでミスをして負けた。だが、もともと相原兄弟よりも高い身長があり、殊タッチに恵まれている琢磨が本気でスマッシュを練習すればベースラインからでも打てるのは道理である。

いけ！

駆はラケットを下げた。

もう、必要ないと思った。

山吹台の並行陣をぶち破るように叩き込まれたスマッシュはほとんどファーストサーブ並だった。

いや、ベースラインから打たれたのだから、それはもはやサーブだった。

サーブをネット際で受けて返せるなら、そいつはバケモノだ。

琢磨はバケモノだった。山神もバケモノだ。だからたぶん、琢磨は天本を狙った。

天本は人間だった。山神の渾身のストレートアタックを反射だけでラケットに当てて返した琢磨のようには、できなかった。

動けない天本を掠めて、ボールはコートへ突き刺さった。文字通り突き刺さり、抉り、バウンドし、そしてもう一度バウンドしてコロコロと転がった。

——その瞬間、駆は動けなかった。

カウントがわからなかったのだ。

湧き上がる声援が聞こえた。

琢磨がこぶしを突き上げていた。

山神が珍しく大声で悔しがっていた。

天本は淡々と空を仰いでいた。

駆は、やはり呆然《ぼうぜん》としていた。

勝った……？　今のがマッチポイントだったのだとのろのろ理解する。

「駆！」

コートの外から自分の名前が聞こえた。

「ナイスゲーム！　すごい！　すごいよ！　ホントすごい！」

宙見がすごいすごいと叫んでいるのだけがやけによく聞こえて、

「勝ったんだよ！　すごいよ！」

そうか。

勝ったのか。

じわじわと、実感が湧いた。

じわじわと、涙が浮かんだ。

慌てて目を拭った。

ネットまで行くと、山神と天本と握手をした。

山神とも天本とも、力強い握手をした。

＊

試合後に少しだけ山神と話した。

「最後の最後で返されちまったな、借り」

山神がそんなふうに言った。

いつもと変わらないように見える。本当は、こいつが勝ったんじゃないかとさえ思える。

「しばらくは貸しとくよ。またやろうぜ」

駆がそう言うと、意外そうな顔をした。少し遠くを見るような目になったのは、琢磨の方を見ていたのか、それとも未来のことを考えていたのか。

「また、か。そうだな」

山神が淡い笑みを浮かべた。山神には似合わない、なんだか夏の終わりのような笑みだった。

8‐8 (Tie break)

凹

S1の試合時間が近づくにつれ、意識が研ぎ澄まされていくのがわかった。

ダブルスで負けたことで、仁は今までになく火がついているはずだ。そしてこの試合にはおそらく団体戦としての勝敗もかかってくる。琢磨が見ている間にリョウが栗原に敗北した。駆と天本は激戦だが、駆が若干押している。今日のあいつは調子がいい。勝つ予感がある。勝つと信じている。

負けられないのはこっちも一緒だ。琢磨の集中は深く、深く、海の底へ沈むように、自意識の深層へともぐりこんでいく――。

耳元でボレロが鳴っている。

変わることのないスネアのリズム。

少しずつ増えていく楽器の音色。

フルート、クラリネット、ファゴット、オーボエ、トランペット、サックス、ピッコロ、ホルン、チェレスタ、バイオリン――駆のクラスメイトだという吹奏楽部の双子が教えてくれた。まったく同じ二種類のメロディーを違う楽器が次々演奏しながら、一つの大きなクレッシェンドを徐々に徐々に上げていく、そういう曲なのだと。

スネアのリズムに合わせて、頭の中でボールをつく音がする。

ゆっくりと。同じリズムで。繰り返し、繰り返し。

トーン。

トーン。

トーン。

トーン。

――ぱしっ。

＊

――後にその試合を観ていた人間からは、口を揃えて「マッチポイントのラリーにあの試合のすべてがあった」と言われた。


そのポイントは琢磨のサーブから始まった。

それは本人からしても、とても長いラリーで、とても長い一ポイントだった。


ライバルとは、互いを認め合う関係だろうか？

いや、違う。少なくとも琢磨にとっては、そんなお綺麗なものじゃない。琢磨にとって、ライバルとは嫉妬する相手だ。嫉妬し、羨望し、焦がれるほどに自分が持っていないものを持っている相手だ。

自分にないものを持っている相手だからこそ、自分にしかないもので上回りたい。

そう思う相手は、この三年間でずいぶんと増えた。そして、その先頭をずっと走り続けてきたのは、常に仁だった。

仁とシングルスをやるのはもう何度目になるだろう。

勝ったことはない。少なくとも、高校に入ってからは。

中学の頃はどうだったか。

スクール時代からお互い名前は知っている選手だ。

付き合いは長い。試合をしたことも、数多い。

たぶん、仁とはずっとライバルだった。

ずっと嫉妬していた。

ずっと羨望していた。

一度とて、明らかに自分が上回ったと感じたことはなかった。だからこそずっとライバルたり得たし、それは今日まで変わらずそうだった。

だけど今は――少し違う。

今の琢磨にとって、山神仁とは純粋な試合相手に過ぎない。

個として、曲野琢磨として、そのライバルとして、上回りたい相手であることに変わりはない。だがそれ以上に、チームの悲願のために、最後に超えるべき壁だ。だから、自分にしかないものだけで上回ろうなんて思わない。自分の持っているすべてで勝ちにいく――そうすべき相手だと思っている。

琢磨はサーブを打つ。今大会最高と自負できる完璧な当たりの、完璧なコースへのフラットサーブを、まるでその未来が見えていたかのように仁が当たり前のように打ち返す。

仁は強い。

代名詞のフォアハンド。

エースとしての勝負強さ。

人間としても、ずっと、ずっと魅力的だと思う——なのに。

——オレはずっと、おまえが羨ましかったよ。

ダブルスの試合の後、仁がそんなことを言った。

——おまえがその気になって練習すれば、オレくらいのフォアは打てるようになるだろ。けどオレがどんなに練習したって、おまえみたいにボレーは打てない。それは、天性のものなんだよ。おまえにしかない、おまえだけの才能なんだ。

仁が——あの仁が熱っぽく、そして妬ましげに。

——おまえのセンスは、高校テニス界でも屈指なんだよ。

オレと違って。

そんなふうに寂しそうに笑う仁を、初めて見た。

おまえに才能がない？

ふざけるな。

その強さは、真似できない。

練習したらできる？

おまえがいったい、どれだけキツい練習を、どれだけ重ねてきたのか。

見てきたわけでもない俺が言うのは違うのかもしれない。

でもわかる。

それは、真似できないものだ。

おまえだけの武器で、おまえだけの才能だ。

それだけは間違いない。間違いないんだよ。


危うくリターンエースで返り討ちになりそうになったボールを、琢磨はスライスでしのぐ。得意のバックハンド、地を這うように滑るスライス。

仁が嫌いだと言ったショット。

それでも返してくる。

なんでもないかのように。

試合前の嫉妬など、嘘のように。

長く続いてきたマラソンも、そろそろ決着がつくのだろう。

琢磨は今、前を見てひとりきりで走っている。走り続けている。駆が追いついてきて、D1の試合で山吹台の二人に追いついた。そして、ともに走った。長い距離を、ずっと、ひたすらに。

それから、天本と駆が別の道を行き、琢磨は仁と同じ道を行ったはずだった。だけどいつしか仁の姿はなく、琢磨は一人きりで細くまっすぐな道を走り続けている。

見えないということは、前か後ろにいるということだ。

だけど仁は、きっと前にいる。

おまえはいつだって、俺にないものを全部持っていて、俺よりも遙か先を走り続けてきた。

おまえが俺を羨ましがろうが、結局おまえの方が強かった。

才能の総量なんて考えるだけ無駄だ。

勝負はそんなものでは決まらない。

勝負を決めるために一番大事なものを、おまえはたくさん持っている。

俺だって、おまえがずっと羨ましかった。今だって、羨ましいと思っている……。

追いつけないかもしれない、と弱気な気持ちが頭の隅をチラついた。
すると、沿道から声がした。
走り続けている琢磨には誰の声かわからなかった。
だけど全部、知っている声だ。
昔なら耳を塞いでいた。
今は、耳を澄ませる。
そうすると、まだ走れる気がしてくる。追いつけるような気がしてくる。
追い風が吹いて、琢磨の脚がストライドを広げる。

琢磨は変化を感じる。

以前のままなら、昔のままの自分なら、今日だって仁に勝つことにムキになったはずだ。チームとしての最後の白星のためじゃない。純粋に、自分が、一選手として、負かしたい相手として、仁と戦ったはずだ。
勝つことに執着している事実は変わらない。傍から見ればそれはなんら変化がないことなのかもしれない。

だけど今の琢磨にとって、それは天と地ほどにも違う。
なぜ、そんなふうに思えるようになったのだろう。
いつのまに、自分はそんな人間になったのだろう。
三年間とは、そんなに長い時間だろうか。
部活とは、そんなに強力な場所だろうか。
俺にはわからない。俺の変化がわからない。
それが正しいことだったのかも、良いことだったのかも確信が持てない。
それはたぶん、この試合の結末が教えてくれることなのだろうと思う。
あるいはもうとっくに、知っている答えなのかもしれないとも思う。

ひたすらに打ち合う。
隙など生まれない。
すべてのボールがライン際で弾む。
審判は息を止める。
ギャラリーも息を止めている。
世界すらも、時間を止めているみたいに。

自分と仁だけが動いている。
夏の日差しはコートを照らしている。
暮れかけの太陽の光。
どこかで聞こえる蟬《せみ》の声。
じーわ、じーわ。
この試合が終われば、夏休みだ。
もう練習はない。
苦しいトレーニングもない。
朝練に早起きすることもない。
コートでバカ話をする駆や、森や、リョウに会うことも減る。
宙見や、藤村や、河原とはほぼ話さなくなるのだろう。
嵐山や青山……後輩たちとは、目を合わす機会すらなくなるのだろう。
嫌だな、と思う自分がいた。
オワリタクナイ。
でも仁は終わらせるつもりだ。
この試合で。

この三年間を。

インターハイに出られなかった今年は、仁もこの試合が最後だ。

この試合で終わる。

三年間の高校テニス生活が終わる。

文字通り、青春を賭けてきた。

このコート、この試合、この一球一球にそのすべてを乗せて、その中に浸っていたいと思った琢磨を仁は一蹴する。

決着つけようぜ。

その顔がそう言っている。

そのボールが、そう叫んでいる。

自分は本当に、この三年間を賭けただろうか？

仁は賭けている。間違いない。

駆も賭けてきただろう。

森は俺はダメだよ、と笑うかもしれない。

リョウも、未だに一年の頃のいざこざを引きずってかぶりを振りそうだ。

自分はどうだろう。

素直にはうなずけない。

琢磨にとって、青春の定義はあいまいだ。

大人になってから思い出せば、思うことがあるのかもしれない。

でも今を生きる琢磨にとってその世界は決して春などという穏やかなものではなく、ギラギラとした情熱と焦燥感に日々を追われるばかりの、夏のように目まぐるしい日々だ。

――それはきっと、青春ではなく青夏だ。

青夏にならすべてを賭けてきたかもしれない。

仁のボールは鋭さを増す。

どこまで強くなる。

こいつはいつもそうだ。試合中の＋αがでかい。大事な試合ほど強い。大事な試合ほど巧《うま》い。

声援がしない。

テニスはラリー中に応援することが禁じられているスポーツだ。

それでも、確かに背中を押す力を感じる。息を呑むようにボールの行方を見つめる何十という目を感じる。ひょっとしたら何百？

ソラ先輩とサメ先輩。

初めて、尊敬した先輩たち。

その背中から学んだものは確かに自分の中に蓄積されているのに、それが自分の背中に現れているかどうかは自信がない。

俺はエースになれただろうか。

きちんと、尊敬される先輩たり得ただろうか。

頭の中でボレロが鳴っている。

コーダが近づいてきている。

仁の鬼気迫る攻勢に琢磨は押される。

それでも、負けるわけにはいかない。

たとえ過去に、そして未来に、おまえに百回負けるとしても。

今日だけは、一勝をもぎ取る。

今日一回勝てれば。

もうあとは全部負けでもいい。

ラケットに力がこもった。

――そして、そこから先のプレーはほぼ無意識だった。

思考は飛んだ。

あらゆる命令は反射として処理され、肉体は頭で考えるより先に四肢を動かした。

神経を飛び交う電気信号は、光のように筋肉という筋肉を行き交い、繋ぎ、合理的に操った。

それでも追い付けないほどに、イメージは先行する。

今が一番、動けている。

ただその実感だけがあった。

ボールはひたすらに飛び交った。

足は動き続けた。

止まれば乳酸が溜まる。

筋肉の悲鳴。あるいは咆哮。

シューズが地面を駆る。

オムニの砂が飛び散る。
汗が額から飛んで、垂れる間もなく空中に四散していく。
早いのに、遅く感じた。
すべてが見える気がした。
回転するボールの模様まで、はっきりと。
そして琢磨は、一筋の光を見た。
すっと通る。
ボールの道。
そこに打てと、言われているような。
琢磨はラケットをフルスイングした。
逆を突いた。
このラリーで初めて、仁の返球が甘くなった。
だっ、と足が動く。
一歩目を踏む。
大きく、深く、力強く。
前へ。

俺のテニスは、前へ出るテニスだ。
退いたら負ける。退くわけにはいかない。
前へ進む。
俺たちは前へ進む。
やっとここから先へ進めるのだ。
一年の夏、初めてチームの敗北の痛みを知った。
二年の夏、涙を流すことなく引退した先輩の姿に、胸が軋んだ。
三年の夏、女子部はすでに負けてしまった。
それでも俺たちは、ここに立っている。
この場所から、前へ進む。
いろんなものを背負って、先へ進む。
マラソンはゴールに近づいている。
仁が見えた。
もう追いつく。そして並ぶ。
ネットを取った。
仁の返球は浮いている。

琢磨は右手でハイボレーを構え、叩き込む。
決まったと思った瞬間、仁がボールに飛びついた。
拾うのか!
その目はギラギラと燃え滾っている。
負けるものかと叫んでいる。
簡単には追いこさせてくれない。
おまえはやっぱり、強いよ。
俺ならきっと拾えなかった。
逆なら負けていた。
その勝利への執念。圧倒的なメンタルタフネス。
今日じゃなかったら、勝てなかった。
でも今日この場所、この試合、この一瞬だけは。
もう一度すっと光が通った。
それは夏の日差しだったのかもしれない。
一瞬かかった雲の、その隙間から差した、一筋の光だったのかもしれない。
それでも琢磨は、その光をなぞるようにラケットを振った。

渾身のスイングボレーを叩き込んだ。

ずんっ、と地面に着弾し、破裂せんばかりに潰れて、変形し、そこから弾性で元に戻るボールの――そしてそのボールに再び飛びつかんとする仁の、筋肉の動きの一つ一つまで見えるかのような。

ボールが跳ねた瞬間、時間が戻った。

がしゃん、とフェンスが揺れる音がして、同時にわっと歓声がコートを包み込んだ。

＊

琢磨は空を見上げていた。

青い夏の空。

何度も見上げた空。

少し滲んでいた。

雨は降っていないはずなのに。

ラケットを落とした。

最後のシンバルが鳴って、ボレロが終わったかのようだった。

嗚咽《おえつ》が聞こえた。

自分の嗚咽だったろうか。

それとも仁の嗚咽だったろうか。

わからない。

いつのまにかチームメイトが周りにいた。駆が泣いていた。森が泣いていた。リョウが泣いていた。みんな泣いていた。みんな笑っていた。ああ、そうだ。ずっとこれが見たかったんだと思った。もう答えなどいらなかった。そんなものは、やはり最初からとっくに出ていたのだ。

誰かが「おめでとう」と言って、琢磨も泣き崩れた。とめどなく零れ落ちる涙の熱さを、この三年間で初めて嬉しいと思った。

＊

D2　新海・森（藤ケ丘高校）VS尾関・栗原（山吹台高校）
4‐8

D1　曲野・進藤（藤ヶ丘高校）VS山神・天本（山吹台高校）8－6

S3　新海（藤ヶ丘高校）VS栗原（山吹台高校）7－8（4）

S2　進藤（藤ヶ丘高校）VS天本（山吹台高校）8－5

S1　曲野（藤ヶ丘高校）VS山神（山吹台高校）8－7（6）

藤ヶ丘高校VS山吹台高校

3－2

都立高校対抗戦優勝——東京都立藤ヶ丘高等学校。

8-7（6）それから後のことを、少しだけ。

凹

優勝が決まったのだから、引退演説で流す涙はないはずだった。でも結局、琢磨以外はみんな泣いた。あのリョウさえも泣いた。男子部も女子部も泣いた。先輩も泣いた。悲願とは、そういうことなのだと初めて知った。琢磨は泣かなかったが、それはもちろん嬉しくなかったというわけじゃない。それにたぶん自分は、コートで一番泣いた。

そうして、三年生の夏は終わった。驚くほどあっさりと、静かに。けれど確かに。

部長は嵐山へ引き継がれた。駆の練習ノートを渡されて、ぐしゃぐしゃのみっともない顔をさらにくしゃくしゃにして、嵐山は深く頭を下げていた。入部当初問題児だったあの嵐山が、部長になるのは不思議な感じだった。でもきちんと二年の間で話し合った結果の推薦だったらしいし、三年の間でも否定意見は出なかった。そもそも駆は、最初から嵐山に部長を託すつもりだったようだ。

藤ヶ丘のゲームウェアは白シャツに黒パンで全員同じだが、一年が新品のウェアを着ていると、隣に立っている森と同じものを着ているはずなのに色が違う。シャツはどんなに洗濯していても、新品とはやっぱり白さが違う。そしてパンツは、色褪せて黒色が薄くなっていく。

三年のウェアが、一番色が薄いのだ。全員。きちんと。

嵐山たちのそれがそんな色になる頃には、きっと藤ヶ丘はもっといいチームになっていることだろう。二連覇を飾れるかどうか……それは来年のチームを、嵐山がどう作っていくかにかかっている。

引退演説はみんな短かった。森が一番まともに心構えや二連覇への期待を語った。リョウは一番短く、ほとんど感謝を述べるだけだった。駆は部長らしいことは何も言わず、ただ自分の思い出話を語った。どこかで聞いたような内容だったのは、三年と遠巻きに聞いていたOBだけが気づいただろう。

琢磨は自分が何をしゃべったのかを覚えていない。ただ、これで終わってしまうことを寂しく思う自分の感情を、素直に吐き出したように記憶している。

最後に駆が円陣を組もうと言った。

最後まで応援してくれた女子部とOB・OGも輪の中に引き込んで、大きな大きな円陣を組んだ。

号令をかけたのは駆ではなかった。もうそれは駆の役目ではない。

嵐山がすっかり枯れた声で、それでもしっかり声を張り上げた。

——フジコーっ、ファイッ！

オオーッと声が揃った瞬間、みんなの泣き顔にふっと笑顔が浮かんだのが印象的だった。

円陣が解散すると、なんとなく流れでチームメイト全員でハイタッチを交わした。嵐山と、森と、リョウと。ソラ先輩たちと、サメ先輩たちと。それから、宙見と、藤村と、河原と、青山と、女子部のみんなとも。頭をぐしゃぐしゃっとされ、すごかった、よくやったと褒められ、力強く手を握られ、背中を叩かれ、そのたびに最後の試合ですべてを出しきり空っぽになったはずの体が、何か温かいエネルギーで満たされていくようだった。

駆とのハイタッチは最後になった。

顔を見合わせて、どちらからともなくふっと笑った。

これが最後じゃないと、なんとなく思ったからだ。

どんな形かはわからない。

この先、同じ進路を選ぶことはないだろう。

大学へ行くとしても違う大学だろうし、そもそも大学へ行くのかはわからないし、ひょっとしたら日本にいないかもしれない。

それでも世界のどこにいたって、何をしていたって、俺たちはコートの中に立ち続けるだろう。

コートの中に立つ人間で居続けるだろう。

ならきっと、わざわざ示し合わせなくたって、もう一度ネットを挟んで向き合うことはあるだろうし——ネットを挟まず同じ側に立つことだって、あるかもしれない。

だからこれは、最後じゃない。

琢磨が手を掲げると、肯定するように駆も手を上げた。

ゴツゴツの手。

三年間、何度も叩き合わせたお互いの手のひら。

大きさも凹凸も厚みも違うけれど、それは合わせるとカスタネットのように、シンバルのように——最初から一対の楽器だったみたいに、心地のいい音を響かせる。

Game set and Match

あとがき

本作はDOUBLES!!シリーズの五巻目にして、完結巻となります。今回は最後なので少し長めにあとがきをもらいました。例によって本編のネタバレを含む可能性があるので、未読の方はご注意ください。

最終巻なのでぶっちゃけという名の言い訳から入ります。

本編の中で嘘を書きました。都立戦は本来D2、D1、S3、S2、S1の進行ではなく、D1、D2、S1、S2、S3の順に進行しますが、作品の都合上、エースがトリを飾るようにしてやりたかったので、そうさせてもらっています。

閑話休題。

一巻のあとがきを見たら、二〇一五年の五月頃でした。実際に執筆をしていたのがおそらく半年ほど前になるので、二〇一四年の年末頃。そう考えると、およそ三年が経ったことになります。著者としても非常に長い付き合いの作品になりました。

部活動に捧げる三年間というのは、高校生としては非常にありきたりな青春の形でありながら、その最後を涙で終わる人が大半です。運動部は特に顕著だと思いますが、優勝者の席が一校分だけしかない以上、大半の学校は敗北で終わるわけですから、その涙の割合は悔し涙がほとんどを占める……そんな彼らを傍から見ている大人は軽い気持ちで「青春」という言葉を使い、美化してしまいがちだけれど、当人たちからすれば三年間をつぎ込んだ自分たちのすべてを同世代に屈服させられた直後なわけで、大人が思うほどにそれは美談ではないのかもしれません。

報われないことがわかっていて頑張れる人は多くありません。それは大人もそうだし、がむしゃらなエネルギーに満ちている高校生だってそうなのだろうと思います。三年間頑張ってきた人は当然勝つためにやってきたのだから、負けて三年分の努力が実らなかったその瞬間を「青春」なんて一言で片づけるのはあまりに乱暴でしょう――などと思いつつ、青春小説なんてものを書いている自分がそれを言うのも大概傲慢な気がしますが。

本作に限ったことではないですが、青春小説を書くとき、美談になり過ぎないように、というのはいつも気にかけています。青春小説は大人になりかけの子供たちが主人公になる以上、どうしても成長を描く物語になります。成長とは痛みを伴うものですが、この痛みに対しての成長の割合というのは微々たるものだと個人的に思っています。痛みに対する成長の割合が大きすぎると、それは途端に薄っぺらい美談になってしまう……だから、いつも登場人物たちには大きな痛みを与えます。それは往々にして、かつて自分が経験した痛みだったりします。しかし結局のところ、それも過去の自分を美化しているに過ぎないという意味では、高校生の涙を見て呑気に「青春」と言っているのと変わらないのかなと思ったりします。ついつい、言ってしまうんですけどね。だって、本当にまぶしいんだもの。

せめて本シリーズが部活動に青春を捧げる高校生をただ美化するだけの、傲慢な作品になっていないことを切に祈ります。

普段あとがきで謝辞は書かないことにしているのですが、今回はシリーズ完結巻ということで、簡単ではありますがこの作品に携わってくださった皆様をご紹介、という意味合いもかねて、エンドロールを流させてください。

担当編集のA様とA様（本当にA様とA様なのです）。シリーズ立ち上げ当初から完結に至るまで、随所に天沢《あまさわ》の我儘《わがまま》がちりばめられた作品でしたが、辛抱強くお付き合いいただきました。ありがとうございました。

イラストのひのた様。一巻の表紙を見たときにやばい！　と思いましたが今回の表紙ラフを見たときの感想はめっちゃやばい！　でした。語彙力を殺す素敵な装丁イラストでシリーズを彩ってくださいました。4、5巻はかなり進行が苦しかったかと思うのですが、いつもと変わらぬ、あるいはそれ以上のクオリティで仕上げていただき、本当に幸せなシリーズになりました。ありがとうございました。

デザインの鈴木《すずき》亨《とおる》様。お会いしたことはありませんが、デビューから多くの作品でお世話になっております。天沢作品の〝碧〟作品の多くはこのお方のお力で成り立っています。いつもありがとうございます。またよろしくお願いいたします。

それから、作品に携わってくださっているけれど名前も存じ上げぬ校正さま、印刷所の皆さま、営業、書店の皆さま、いつも支えてくれる大切な人たち、他にもたくさんの関係者各位に変わらぬ感謝を。

そしてなにより、ここまでお付き合いいただいた読者の皆様と、この物語を演じてくれた登場人物たちに最大限の感謝を。

最終巻はちょっと分厚くなってしまったあげく半分以上が試合シーンという濃い一冊でしたが、シリーズものとして、始めに思い描いていた場所に着地できたと思っています。物語として、著者として、とても幸せなことです。ありがとうございました。

二〇一七年　十月　天沢《あまさわ》　夏月《なつき》

DOUBLES!!完結おめでとうございます！
一巻では同じ方を向きながら、これから強くなっていくぞ！という２人を、
そして最終巻では、向き合って、しかもあの何かと不器用な２人の、とびっきりの笑顔を
描かせて頂きとても嬉しかったです。

天沢先生が描く、ひたむきにテニスが好きな彼らや、
そんな彼らの絆と青春が詰まったこの作品に携わらせて頂けて本当に幸せでした！

天沢夏月

著作リスト

サマー・ランサー（メディアワークス文庫）
吹き溜まりのノイジーボーイズ（同）
なぎなた男子!!（同）
思春期テレパス（同）
そして、君のいない九月がくる（同）
拝啓、十年後の君へ。（同）
八月の終わりは、きっと世界の終わりに似ている。（同）
時をめぐる少女（同）
DOUBLES!! —ダブルス—（同）
DOUBLES!! —ダブルス— 2nd Set（同）
DOUBLES!! —ダブルス— 3rd Set（同）
DOUBLES!! —ダブルス— 4th Set（同）
DOUBLES!! —ダブルス— Final Set（同）

本書は書き下ろしです。

この物語はフィクションです。実在の人物・団体等とは一切関係ありません。

メディアワークス文庫

DOUBLES!!―ダブルス―Final Set

天沢夏月《あまさわなつき》

2017年11月25日　初版発行
2024年１月15日　５版発行

発行者　山下直久
発行　株式会社KADOKAWA
〒102－8177　東京都千代田区富士見2－13－3
0570-002-301（ナビダイヤル）
装丁者　渡辺宏一（有限会社ニイナナニイゴオ）
印刷　株式会社KADOKAWA
製本　株式会社KADOKAWA

※本書の無断複製（コピー、スキャン、デジタル化等）並びに無断複製物の譲渡および配信は、
著作権法上での例外を除き禁じられています。また、本書を代行業者等の第三者に依頼して複製する行為は、
たとえ個人や家庭内での利用であっても一切認められておりません。

●お問い合わせ
https://www.kadokawa.co.jp/（「お問い合わせ」へお進みください）
※内容によっては、お答えできない場合があります。
※サポートは日本国内のみとさせていただきます。
※Japanese text only

※定価はカバーに表示してあります。

© NATSUKI AMASAWA 2017
Printed in Japan
ISBN978-4-04-893468-8 C0193

メディアワークス文庫　https://mwbunko.com/

本書に対するご意見、ご感想をお寄せください。
あて先
〒102-8177　東京都千代田区富士見2-13-3
メディアワークス文庫編集部
「天沢夏月先生」係

メディアワークス文庫
第19回電撃小説大賞
〈選考委員奨励賞〉受賞作!
SUMMER LANCER
サマー・ランサー
天沢夏月
イラスト/庭
剣を失った少年を救ったのは
向日葵の少女だった。
輝く日々を描く爽やか青春ストーリー!
剣道界で神童と呼ばれながら、師である祖父の死をきっかけに竹刀を握れなくなった天智。彼の運命を変えたのは、一人の少女との出会いだった。
高校に入学したある日、天智は体育館の前で不思議な音を耳にする。それは、木製の槍で突き合う競技、槍道の音だった。強引でマイペース、だけど向日葵のような同級生・里佳に巻きこまれ、天智は槍道部への入部を決める。
剣を失った少年は今、夏の風を感じ、槍を手にする──。第19回電撃小説大賞〈選考委員奨励賞〉受賞作!
発行●株式会社KADOKAWA

メディアワークス文庫

元吹奏楽部で現帰宅部の亜希は、担任の平野から、ある生徒達に吹奏楽を教えてほしいと頼まれる。学校のいらないモノが吹き溜まる旧講堂で亜希を待ち受けていたのは、学内で札付きのヤンキー少年達。怖じ気づく亜希だったが、下手ながらも音楽を楽しむ彼らの熱意に打たれ、共に文化祭を目指すことを決意する。

しかし、吹き溜まりで最も有名な不良少年・夏目に、ヤンキーの音楽なんて誰も聞かないと言われてしまい――？

ヤンキー少年達と女子高生が奏でる奇蹟の青春ストーリー。

発行●株式会社KADOKAWA

メディアワークス文庫

発行●株式会社KADOKAWA

メディアワークス文庫

友達の死から始まった苦い夏休み。
私たちは、幽霊に導かれて旅に出た。

その夏、恵太が死んだ。
幼いころからずっと恵太と一緒に育った美穂と、
仲良しグループだった大輝、舜、莉乃たちは、
ショックから立ち直れないまま
呆然とした夏休みを送っていた。
そんなある日、
美穂たちの前に現れたのは、
死んだ恵太に瓜二つの少年、ケイ。
「君たちに頼みがある。
僕が死んだ場所まで来てほしい」
戸惑いながらも、
美穂たちは恵太の足跡を辿る旅に出る。
旅の中でそれぞれが吐き出す恵太への秘めた想い。
嘘。嫉妬。後悔。恋心。
そして旅の終わりに待つ、意外な結末とは——。
隠された想いを巡る、青春ミステリ。

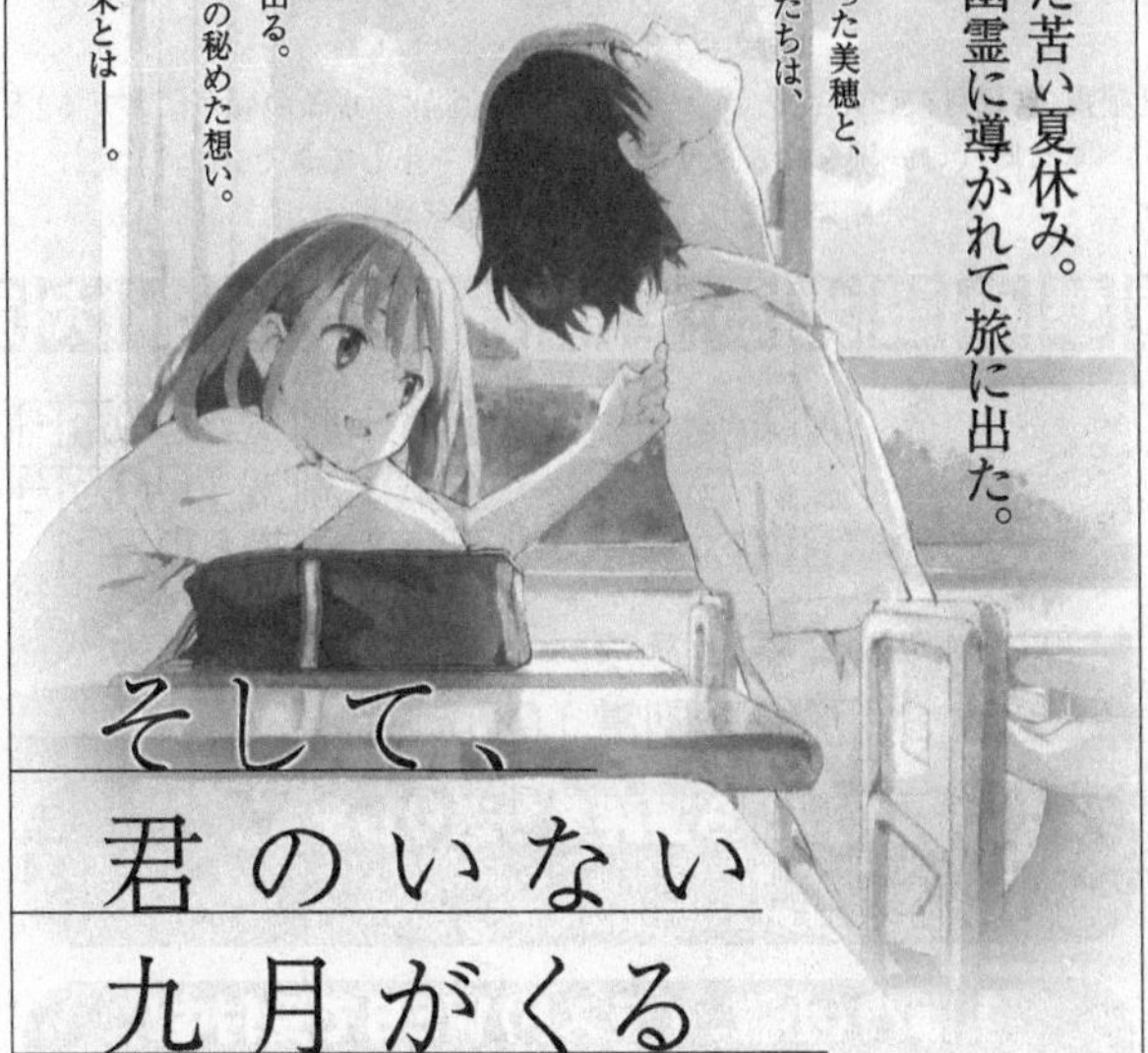

そして、
君のいない
九月がくる

天沢夏月　イラスト／白身魚

発行●株式会社KADOKAWA

おもしろいこと、あなたから。

電撃大賞

自由奔放で刺激的。そんな作品を募集しています。受賞作品は「電撃文庫」「メディアワークス文庫」「電撃の新文芸」等からデビュー!

上遠野浩平(ブギーポップは笑わない)、
成田良悟(デュラララ!!)、支倉凍砂(狼と香辛料)、
有川 浩(図書館戦争)、川原 礫(ソードアート・オンライン)、
和ヶ原聡司(はたらく魔王さま!)、安里アサト(86―エイティシックス―)、
瘤久保慎司(錆喰いビスコ)、
佐野徹夜(君は月夜に光り輝く)、一条 岬(今夜、世界からこの恋が消えても)など、
常に時代の一線を疾るクリエイターを生み出してきた「電撃大賞」。
新時代を切り開く才能を毎年募集中!!!

電撃小説大賞・電撃イラスト大賞

賞(共通)
大賞……………正賞+副賞300万円
金賞……………正賞+副賞100万円
銀賞……………正賞+副賞50万円

(小説賞のみ)
メディアワークス文庫賞
正賞+副賞100万円

編集部から選評をお送りします!
小説部門、イラスト部門とも1次選考以上を
通過した人全員に選評をお送りします!

各部門(小説、イラスト)WEBで受付中!
小説部門はカクヨムでも受付中!

最新情報や詳細は電撃大賞公式ホームページをご覧ください。

https://dengekitaisho.jp/

主催:株式会社KADOKAWA